三 塔 谣

韩明飞 著

东南大学出版社
SOUTHEAST UNIVERSITY PRESS

图书在版编目(CIP)数据

三塔谣/韩明飞著. —南京:东南大学出版社,
2013.2

ISBN 978 - 7 - 5641 - 4105 - 9

Ⅰ.①三… Ⅱ.①韩… Ⅲ.①散文集-中国-当代
Ⅳ.①I267

中国版本图书馆 CIP 数据核字(2013)第 033213 号

三 塔 谣

出版发行	东南大学出版社	
出 版 人	江建中	
社 址	南京市四牌楼 2 号(邮编:210096)	
网 址	http://www.seupress.com	
责任编辑	孙松茜	
经 销	全国各地新华书店	
印 刷	南通印刷总厂有限公司	
开 本	880mm×1 230mm 1/32	
印 张	7.5	
字 数	216 千字	
版 次	2013 年 2 月第 1 版	
印 次	2013 年 2 月第 1 次印刷	
书 号	ISBN 978 - 7 - 5641 - 4105 - 9	
定 价	29.80 元	

(本社图书若有印装质量问题,请直接与营销部联系。电话:025 - 83791830)

序

南通民谣云:通州三座塔,角分四六八,两塔平地起,一塔云中插。我一生有幸与这三座塔结缘,我在她们的塔影风铃里出生、成长、生活、工作。可以说,三塔同日日划过塔刹的阳光构成了我内心的图景,成为我今生今世生于斯长于斯的证据。

我出生在狼山北的临江村。那时候,家家户户开门见山,蔚蓝的天幕下连绵起伏的五座山体青葱灵秀,如一套立体画屏。画屏最佳处是支云塔,耸出家乡秀美的风景。我出生的那个冬夜寒气十足,祖母说,那天滴水成冰。我猜想,当我在老屋西头房里呱呱落地,凛凛北风里,广教寺和支云塔的灯光烛火给长辈们心头带来多少暖意。

第一次走近支云塔,是一个刚走出荒年的春日,祖父带我和大弟上山敬香。站在殿后,我们虔诚地仰望古塔。金色的瓦面,紫红色的廊柱和栏板,在阳光下反射着庄严的圣光。山下,又一度春风正装点出无尽的村意,桃园村一树树桃花绚烂无比。在祖父指点下,我们看过桃园,看临江,看我家的五间草屋。我和弟弟想买票上塔。祖父说,还是到山下吃碗馄饨饱饱肚子吧。于是,悻悻地跟着祖父下了山。

改革开放后的一个春天,我实现了这一愿望。那时,我在十七中(后改名为旅游中学)工作。学校地处曹公祠,站在前排教学楼南眺,五山历历在前,我们戏称这楼叫望山楼。那天,组织学生到狼山春游,我和同事们登上了支云塔。临风俯瞰,和暖的春晖下,大江滔滔,泛起金波;千帆往来,汽笛声声。我感叹岁月,感慨世事变迁,回来写了篇《登塔遐想》,登在校门口的黑板报上,那是我最初发表的文字。

文峰塔下也有我的家园,这里是祖母世代居住的地方。我和大弟生在临江,长在文峰塔边。每天,我们打开厨房后门,就能看到巍巍的文峰塔。塔前有条大河,老辈人称宝塔河,塔下的庙,我们称宝塔庙。祖父从临江到祖母这边来,熟人相问,祖父回答,上宝塔河去。文峰塔,宝塔河,成了我们这一带的人情感化的家庭地址。直到现在,有人问起我的住所,我还喜欢说文峰塔那边。事实上,我一直生活在文峰塔的地缘文化里,我每天进进出出的路叫文峰路,经过的桥叫文峰桥、塔影桥。每次外出归来,过三元桥,抬头望见静立在水边的文峰塔,温热亲切感油然而生。四百年来她就这样肃穆地耸立着,成为我家园的地标,成为祖祖辈辈居家过日子的共同记忆。

文峰塔,宝塔河,伴我成长。夏日,古塔俯视我们在宝塔河里游水嬉闹,捉鱼摸虾,多少回把她美妙的倒影搅散了一河。春夜,东南风吹醒一块块麦地,塔上风铃丁零当啷,声声悦耳,乡邻们拉起哨口板鹞,夜空黑影点点,铮铮锵锵,合成我青春的梦。四十岁过后,我时常望飞鸟绕塔,落霞披绮,陷入沉思。

1997年春天,我调到南通中学工作,从此又有幸走进了光孝塔的身影里。光孝塔是隔壁天宁寺的,但是站在我们学校的操场上是看她全貌最好的地点。操场空旷,近看远看都成风景,光孝塔好像就是为我们校园设立的。事实上,她已成为校园一景,常留在师生们的记忆里。塔上的风铃声，曾寄托过多少学子的青春心愿。

在这八角古塔下，我走过了十五个校园春秋，送走迎来一届又一届学子。我不仅熟悉她的容貌，还熟悉她四时的景致。夏天，雷雨冲洗亭状的瓦顶，溅起一层层雨烟，挂下一檐檐雨帘；冬日，斜阳把塔楼的弯檐飞角勾勒出一道金边，阳光从塔边两棵老银杏的遒枝铁柯间穿射过来，宽宽窄窄，和弦般美妙。

这风景也存在于我们心头。它同红楼前那株老楸树四月里一树繁花，同挽着绿荫亭倒影静静绽放的一塘睡莲，同带着一课课时间刻度的铃声……汇成我一年年校园生活鲜活的回忆。

我与家乡的三塔有这么多的缘分，因此，把在三塔下走过岁月的感受述诸文字结集，就取名《三塔谣》。

韩明飞

目　　录

第一辑

父亲的年酒是大年三十开坛的，一直要喝到正月十八"落灯"。两三碗下肚，东风入户，暖阳在怀。我想，这一生有两样汁水不能忘记，一是母亲的乳汁，二是父亲的年酒。

父亲的年酒

　　父亲的年酒是除夕开坛的。他喝，还招呼他的儿孙们相聚一堂一起喝。这壶酒是点在一年日子里，一个最最温暖的句号。白亮的日头把三百六十几个日子照到头了，岁月重开。人打发日子，日子也在不知不觉中把人打发。父亲把对天道的敬畏，对新年的感怀，寄托在一桩桩年事里。尽管年的物质光晕已经褪色了，但是父亲还是按传统习俗腌咸肉，灌香肠，炸虎皮肉，做鱼圆，买年糕、馍头等等，把年张罗得味道十足。平时，他天天喝酒，不讲究酒的好丑。过年就不同了，他要郑重其事。过了腊八，他就抬回一坛老黄酒，把红枣洗净晾干，浸泡在酒里。掺和了枣子的甜香，酒味更加醇厚了。当然不单酒味好，红枣红是中国最古老的吉庆色。这一枚枚醉色酡然的红枣，浮在琥珀色醇厚的酒浆上，折射出大年的吉祥，也传递着父亲的心愿。

　　住在老屋里，过年，春联我写，父亲张贴。父亲最喜欢的一副春联是"喜看春日花千树，笑饮丰年酒一杯"。父亲贴好了这春联，颔首笑笑说，对对对，一年苦到头，该弄杯酒了。那时的年酒是祖母张罗的。祖母过世了，父亲就接班了。他不仅继承了形式，还忠实地传承着年酒里的古风。父亲心中的年是天人共庆，阴阳共庆。按传统习俗他要把第一杯温热的年酒祭奠给祖宗亡人。这种心愿在父亲心头已经生成眉毛长成骨，终老也不会改变。父亲贴好春联，就从衣橱顶上抽出一个生纸包，把老祖宗们的相片供奉起来。乡居的日子，曾祖母和祖父母的相片端端正正地倚放在堂前间的桑树方桌上，拆迁后住进商品房，倚放在客厅北墙边的茶几上。

这一张张熟悉的面容，无论站到哪个角度依旧注视着我的目光，我们怎能忘记？世上的人、事、物，包括这日子，都是有根有脉的。我们弟兄仨就是在这慈爱和期盼的目光里成长的。父亲借大年的瑞气祥光，用古老的形式把这些渐次模糊在岁月深处的背影，清晰地勾勒出来，让我们怀念、感恩。这相片上的身影，曾经是我家过年时烹鱼烧肉的灶头热乎乎的图景。岁月一春春从门前淌过，灶头忙碌的身影又换成了父亲。儿孙成行了，父母亲老了。可二老还执著地用老迈的身子骨，用祖祖辈辈对年的崇敬，为我们焙热一大家子其乐融融的新年。

我们家可以说是一户喝酒人家。父亲犯痛风病，只要能忍耐，哪怕在烧酒里兑上水也要呷几口。我们兄弟仨十岁开外，就让喝酒的曾祖母、祖母、父亲带上了路。大过年的，更情愿让父母亲用一壶温热的年酒，把我们浇灌。年三十中午，窗外不时传来一两声小爆竹的脆响，那是孩子们按捺不住的心情，风儿送来祭祖化钱的黄表纸屑味，一家人围坐在圆桌旁，白瓷汤碗里斟满黄莹莹的枣儿酒。父亲说，喝吧！生处好挣钱，熟处好过年。父亲用大半辈子的人生经历，把家的诸多内涵和全部心愿浓缩在这年酒里。是的，还有什么处在比家更心熟的呢？喝吧，春联正红，年味正浓，自古年的酒坛就是敞口的。让父亲的枣儿酒熨热我们的五脏六腑,让细细柔柔的温暖渗进我们的每根毛细血管里。有家有酒的年才有嚼头,新的年轮才有奔头。

年以家为轴心造出一个亲情和天伦的"磁场"。在年的天平上,最沉重的砝码就是回家过年。那年祖父患"肺气肿"住院,病情刚有好转,除夕那天,他一定要回家过年,他说,回了家才算过年。记得父母在海门三厂上班时,年三十,关了车,父亲蹬着永久牌载重自行车,载着母亲从几十公里外的海门,一路颠簸着赶回家过年。家中的年是那样细润而立体。年就是大门上新鲜的红春联,就是响彻院里院外一挂一千响的红串鞭,就是把连根带枝的亲情兑在年酒里,喝出一个万紫千红的春天。

我想,假如有一天五花八门的现代生活让我记忆的箩筐盛不下了,在最牢靠的位置上一定还存放着年的图景:那是园前园后果树腰间一圈圈祈求丰收的红纸带,那是满场满场的白囤印,还有除夕晚照里母亲们猫着腰跨过一垄垄麦苗挑荠菜(谐音聚财)的背影……怀揣着这些图景往日子里走,就走进了菜花怒放的艳阳天。

父亲的年酒从大年三十喝起,一直要喝到正月十八"落灯"。两三碗下肚,东风入户,暖阳在怀。酒意像柳条风慢慢摆融冰封的土地一样,融解了我们一年安身立命的疲惫,抚平了心头生活风雨的褶皱。把一年的日子收个尾,然后再另起一行,把新的想头寄托给新春的鸽哨,在东风丽日里洒下一串串撩人的脆音。

我想,我这一生有两样汁水不能忘记,一是母亲的乳汁,二是父亲的年酒。我愿在父亲的年酒里喝高了,在满天爆豆的鞭炮烟火声中,摇摇晃晃,走进新年。

老爷车主

　　真是辆老爷车。除了车龙头上的黄铜车铃,其他部位都锈了,而且是陈年八代的锈。脚踏儿也很简陋,两块硬木中间打个孔,套在轴梗上,踏起来一路叽叽响。有时响得实在难听,把它翻个身,还是响,要点几滴车油,才好些时日。有一次,我骑车回来,小伙伴们在木材厂门口玩,看到我,齐声朝我喊:"土帅子"。我"帅"什么呢?这车不是我的,那时,一个小孩子家怎可能该车。这车是我祖父的,他是车主。

　　这车什么时候成为祖父"坐骑"的,我记不得了,只记得祖父推车、骑车的模样。祖父是个有一身好手艺的瓦匠,三里五村都有名气。外出做生活,有辆车便当。早上,他拎出帆布的工具袋,袋里放着砖刀、角尺,还有粉灰的泥夹、挂线的铁砣什么的,往车后方棱方角的书包架边侧一挂,把老爷车从堂屋里拎出门,推到下场边,踮几踮,右腿一晃,跨上车,上路了。

　　祖父骑车不喜欢打铃儿,即使不得已,也只是轻打一二下,那黄铜铃响得很优雅。不像园上的贵生侯(他在市建筑公司做瓦

三塔谣

匠),远远的车铃儿就响开了,一直闹腾到与路人擦过。其实,祖父不是亚兮亚的人,他常常把人生节奏掌握得很到火候,温热得当。上头方惠英妈妈家盖七架头的新屋,请祖父带几位瓦匠师傅砌青砖白灰墙,而且要砌出"步步升"的图案。每天,祖父总要在门板上厐个午觉。砌同样大小的一堵墙,晚上收工,还是他先上顶,而且砖缝齐整清爽。有的乡邻说得更神奇,说祖父年轻时穿杭罗衣裤砌墙,一天下来身上没有一点泥点儿或石灰点儿。不过,我没有见过。我倒是见过有的人家砌的草灶闷烟,请他去一改,火苗直往上蹿。

祖父姊妹三人,就他一个男子,祖母是独女,因此他们的婚姻没有嫁娶之分,是俗称的两边带管。祖父的祖产在临江,江滩头是一片茂密的芦苇荡,水里浮生着关丝草(可用来打草鞋),其余就只有四时呼呼而过的江风。相比,祖母这边生存条件要好多了,摆渡,经文峰塔,过三元桥,就进了城。在我五岁那年,祖父和曾祖母、祖母张罗着拆了破旧的老屋,建了一埭亮堂堂的新瓦房。从记事起,我们都在祖母这边生活为主,可是祖父执意孤身一人生活在临江,一生没有改变过。过一段时间,才到祖母这边来。记忆中,除了过年,他只小住一两个晚上就回临江了,他舍不得让那几间房空关着。他说,人是房子的胆。其实,临江只有五间草房子,极简陋,小梁砖单墙,竹壳橼子,芦望帐顶。祖父却把它看得比什么都重,要用一生来守着它。

当然,这老宅子也不是一无是处,早年,祖上也许是为防麦风潮,宅基地要高出自然地面一米多,高高地鹤立在村舍间,要攀好几级踏步才能进屋。打开门或窗,青田绿树,不远处的五山像画屏一样陈列着。更让祖父自豪的是,夏天不知比别的宅子要多得多少凉风。我和弟弟到临江去,过了邋遢坝,路南是桃园,绿树白墙,三五人家,园路深深,不知远近。路北成片的庄稼田里,村落河塘,像是绣在绿毯上的风景。那老宅子高高的,很显眼。屋后蓊郁的园树,好像要告诉人们,房子老了,我们正年轻。祖父要是没有外出做生活,远远地我们就能看到他一个人闲坐在走廊上,静对着走过宅前的光阴。祖父常常跟我们说,不要小看这草房子,这是个旺宅,连园前屋后的树都好长。真的怪了,屋后的树不仅长得快,还很少生蛀虫。桑树长得干正皮滑的,不像有的人家,树不是弯里扭曲的,就是有蛀眼,往蛀眼里塞蘸了敌敌畏的棉花球儿,有时还不济事。当然,我们一家都懂祖父的心事,他所守的是一份纪念和心意。祖父提到家史,我们透过他那清癯而平静的面庞,能感受出他内心的复杂。他的祖母早年丧夫,寡母孤女的,几个堂侄儿想占她这份家私,把她捆绑起来打得尿屎拉在裤裆里,她都没吭一声。后来那房屋又让日本鬼子一把火烧了,这几间草房子是祖辈吃辛受苦重新盖起来的。

祖父是个很有汉气的人。一生中,我只见他流过一滴泪。那是在他落气之前,我看见一粒晶亮晶亮的泪珠子,是的,仅就是一粒,就像春天早晨的一滴露珠儿,拖着小尾巴从睫毛间渗出来一直滚到嘴唇边,然后祖父就永远走了。田里又一个春天正在萌发,蚕豆正开花结角儿。至今,我还能想象出祖父骑着老爷车的情景,着一身半新旧的蓝卡其中山装,有链条一侧的裤脚管上夹着一只晒衣用的木夹子,跨上车,龙头扭几扭,然后平缓驶去。祖父说,这车是老早的进口货,外表锈了,骨子还硬朗呢。我想,祖父也就像那辆老爷车,经的风雨多了,自会坦然。动乱的年代里,他是被管制对象,那辆车也被没收了。有一回,一个熟人来说,在狼山,看见祖父挂着牌子站在卡车上游乡。祖母听说,哭得要死。我赶到临江去看看祖父。他坐在一张高凳上吹凉风,初秋的风像顽童的手不时撩起他额角的鬓发。他很平淡地说,原本叫银连侯去的,他个鬼生了病，临时叫我顶替的。

有一段时间，大队规定每个被管制对象要用稻草扎个草人儿，立在场边上，胸部还要贴张字条，写上自己的名字。祖父把"自己"扎得腰圆膀粗。一天，一个卖淘箩篮子的"乜斜眼儿"路过，那人把头凑到草人儿胸前，才看清了上面的字，边看边大声读道，某某分子，某某。祖父听了，苦笑着说，还难得碰到过识字的呢。祖父一笑，有一个牙齿露出长长的一段牙根。

那年月，朝南的三间正埭房子也被公有了。祖父搬到两间朝西的附房里住，我和弟弟时常去陪陪他。房檐头里，有不少麻雀窝，早晚叽叽喳喳闹成"雀儿篮"。祖父掏遍雀儿窝，捉到十几只杀了，叫姑奶奶到姚港买了二斤猪肉，烧了两碗。边吃边说，认吃天上四两，不吃地上半斤。老坝上银匠王金侯，到上海做过生活，见过世面。他说上海人做的三鲜锅巴如何如何好吃。祖父就学着做给我们吃。芋头片子和菠菜烧汤，起锅前，把晒干的饭锅巴投到汤里。现在想来，这三鲜锅巴很不正宗，但那些年月里，我们吃得好有滋味。

祖父斗大的字识不了几箩，但记性极好，能讲好多民间故事。上小学时，有个雨天，他空了，要我和弟弟把语文课本读给他听。其实，那课本上的字他未必全认得，但是他希望我们好好读书做人。记得有一年大约是除夕，我家的春联还没有写，等远房的堂舅爹爹来写，可他迟迟不到。祖父就逼我写，那时，我只有每周三下午写字课上写一版大楷字的底子，写的字像醉汉，怎能上门板？祖父坐在我旁边，叫我先在旧报纸上写，写顺手了再上红纸。好在后来堂舅爹爹赶到了，解了围。从此，我就下决心练习毛笔字。1976年春节，我用隶书和新魏体写出了蛮像样的春联贴在临江老屋的门上，可是祖父再也没能看到。

曾祖母的俗话

　　我的曾祖母，目不识丁。用这句现成话来说她老人家，又觉得不踏实，因为她姓"丁"，她识自己的姓氏。当然，这纯属巧合，她确实不识字，没文化，可她是个很有语言天分的人。她日常随口说的那些俗话或打个比方，醒脑，发聩，还发笑。我和弟弟们在她膝前长大，也在她的这些俗话家教里成长，现在回头想想，这些俗话什么时候琢磨都有感悟。

　　"家有千间屋，夜来只睡七尺长。"——这话民间叫"劝世文"，劝人遇事想想开。它没有吃不到葡萄说葡萄涩嘴的酸气，而是把人能享用多少具体量化了。这样一算心态就平和了。说吃，肚皮有限量；谈穿，身高有定尺。除满足人的生存需求，或者说得宽一些，满足人体面生活之外的部分，可以看得淡些，能有则有，没有也无妨。过去，农业中国丰衣足食的追求，不就图个够吃够穿吗？所以，"够"的心态一直是祖辈们物欲的限高，够了就足了，就能养人了。当人欲望的标高与生存需要等高时，什么事都可以变得简单起来。那年，家里被抄了家，临江的三间正埠房子也充公了，曾祖母就是用这话来劝祖母的。她们就是以这样的思维方式来调整心态,叹口气,慢慢就想通了,然后平静地面对人生和家庭的变故。

固然,现在还提这话,是不是有点不合时宜了? 不过,欲望这东西是《西游记》里的"陷空山无底洞"。现在,这花花绿绿的物质世界诱人处太多,就是住在"黄金屋"里,也可能这山望了那山高。当物欲无法满足时,这话至少是帖自我解闷的偏方。

"金漆粪桶。"——这比方应该列入曾祖母教训我们小辈的话语系列,但骂得温和。曾祖母不识字,但识事,心灵手巧。小时候,我和弟弟要是不动脑子,做事不灵巧,她就说我们是那个"家伙"。我不懂这话是从别人那里套来的,还是她脑子里随意蹦出的。这话不像骂"饭桶"那样直捅捅地戳耳。当然,老辈人一般不用"饭桶"这一骂法,我估计那是"舶来品"。南通人骂人蠢笨,喜欢骂"馊头"或"二百五"。一个长辈这么骂小辈,何况我们还是孩子,又显得老不正经。骂绣花枕头吧,似乎也不太恰当,因为我们是未来的"汉子",用现在搞笑的话说是"纯爷们",那"花"似乎不太适合我们。这"家骂",好像是她老人家为我和弟弟定制的。

小时候我和弟弟脸面儿还说得过去,我想大概就是那金漆成分吧。这话像是蘸了点糖的尖角子辣椒。先给你点金漆面子,让你能承受。可是再细想想不对呀,实骨子里是个装粪的家伙。够刺激的了! 于是,为了不做"金漆粪桶",我们就动脑子做事,用心念书了。

"三岁的孩儿见了钱也要,八十岁的公公见了'花'也笑。"——这一要一笑,是人本性的自然流露。荀子说:"性者,天之就也。"说白了,本性是先天的,娘胎里带来的,加不加掩饰,都是骨子里事实存在。孩童、老公公尚且如此,其他年龄段可想而知。只是童子和老年纯真,而且真实得可爱,有什么就如实地流露出来,不藏藏掩掩的。

其实,本性的东西,无善恶,只有本性加上后天所为,才分出子丑寅卯。孩童要,不会让人视为贪;老公公笑,大致不会色眯眯的。曾祖母说这话,是从根本上来谅解、宽容人由本性而膨胀出的一些弱点。比方说,有人爱贪小便宜,多半源自为了生存而趋利的本性。只要不过分,遇到一些纠结不清的人和事,曾祖母就用一句"江山好移,本性难改"了之。以这样的思想方式待人处事,通达宽厚。

"小猪不长天天称。"——从修辞的角度来说,这话算得上是讽喻了。不过曾祖母不懂这些,她只晓得这么说。

上小学时,在那首"快去种葵花,快去种蓖麻"的歌儿感召下,遵照老师为祖国建设添砖加瓦的教导,向同学要了几粒蓖麻籽(据说这籽可以制飞机润滑油),种在园前屋后。天天盼它们破土亮相,结果只出了一根苗,长在下场边放酱缸的石磴外。有事没事,就拿出祖父那根可以折叠的木尺量量长高了没有。曾祖母说我是"小猪不长天天称"。细想想,对呀,生长才是本,才是正道,量啊称的顶什么用? 于是就施施肥,浇浇水。那棵蓖麻果然长得很壮,秋天结了不少籽。

一天,与一位老同事聊天,他批评有些学校过滥的月考、单元测验时也用了这句话。不由扑哧一笑,又想起了曾祖母。

原来日常说话也可以说得如此风趣、中听、在理。曾祖母1999年归天,活到96岁。要不是跌成股骨头骨折,卧床日久,导致病毒感染,她老人家跨个世纪,活到百岁是轻飘飘的事。古话说,仁者寿。明智的人、开通的人也会长寿,因为他们遇事想得开,看得淡,把握得准,世事就简单了,心里就敞亮了。

梦 里 九 月

九月,美人蕉开花了,擎起支支火炬,热情的火光四射。我要把记忆中老屋东窗下那塘美人蕉移栽到楼前的绿地上,尽管只有几株,但叶绿得老成,花开得青春,在小区花圃里定然是秋天最惹眼的一丛。当然也就把她火红映照下小院的温馨移植到新居,把秋光般美好的一屋子慈爱、和美和安恬移植进我的生活,风里露里,在家的土壤里萌发出爱的芽瓣。九月,美人蕉火红花穗烘托的那扇老式窗口也就永远属于我。

九月,瓜豆的藤蔓缘棚架的草绳苇秆竹枝游到梢头,牵挂着满棚满架的秋熟。我要溯游到老屋的金秋里,搬出坐过几代人的那张方杌,把西窗上一棚荷包扁豆采摘,一角角装进我心爱的竹篮。有些豆角虽然还没有饱满成孕妇的外形,但是角角都有上弦月般的美丽,吊挂在绿叶的天幕下,像孩子们荡着秋千。我还要用心中的火苗把它煨烂煮面,让朴素的豆味飘香我生命的秋天,也让妻子和女儿共同来分享这酥蓉的香甜。

九月,秋风像一把钢锉,把一天星斗锉出了金光,把蛐蛐的叫声锉得特别明亮。我想把记忆中唱彻老屋每条砖缝的噌噌声，刻录进我的梦乡。这古歌谣唱过诗经的古朴，唱过唐诗的繁盛，唱过宋词的婉约……我像个老学究，在夹被贴肉的梦境里，能一一考证出每声鸣叫的出处：那铜质的，出自老屋天井里高个子天水缸脚下；那草质的，出自与曾祖母一样慈善的老枇杷树根；那银质的，出自苔藓枯迹斑驳的阶阴墙角……于是我便融进这片如水的夜色和清朗的对吟对唱声里。

九月，常住在晒衣铅丝上呢喃的燕子不见了，把一泥窝春与夏的故事留给秋风细读。"七月流火，九月授衣"。我要同祖母一道卸下两扇里房门，搁在堂前的方桌上，搭台子，绗棉被。祖母依次铺好被里单、棉絮和被面，然后把被里单扳边捉齐，让我捏好，她捏着那头把扳边扡得笔直。祖母把针尖在鬓角上篦了篦，绗被针扎进被里又等距离的钻出来，疏朗的线脚像一个个破折号，叫我一直思考到来年春暖燕归。我要像接过传家宝一样，接过祖母带着手温的针线，把老屋水牛角般的飞脊、祖母怀抱似的走廊、夜晚窗口橘黄的灯光……绗进我记忆深处，针针线线牵引出一串串幸福，温暖我生命的每个季节。

老侄儿这个称呼

小时候,伯伯和嬷嬷娘(姑妈)亲热地称呼我和弟弟叫"侄儿侯",等我们长大成人就改称"老侄儿"。两位长辈是本分的种田人,同土地打了一辈子交道,一生中跑得最远的是十几华里外的南通城,一年到头,除到陆洪闸集镇上买点日常用品,几乎就没有离开过他们的田园。他俩有双不知疲倦的巧手,能把田地侍弄得有模有样,能纺纱、织小布,还能打出精巧结实的草鞋。但是他们的口舌很笨,不会说虚花盖顶的客套话,表露情感的方式非常单纯,偶尔流露在言语上也显得笨拙,比如在我们的辈分前加上这个"老"字。其实论辈分,他们完全有资格直呼我名,但是他们不仅从亲缘关系上来称呼,还加上含有敬爱甚至是敬重之意的"老"。这称呼常常会无法抗拒地触动我和弟弟感动的神经。

父亲娘家在啬公墓北的方家埭,双亲早亡。招婿为子招到文峰塔河南,当时虽说这儿还是农村,但到底是半村半郭的城脚下,比起远郊的方家埭,各方面大不一样了。更何况祖母是大生副厂的老工人,祖父是有一身好手艺的泥瓦匠。这门亲事对父亲来说,是从糠箩跳到米箩里；在伯伯和嬷嬷娘看来，算是攀上一门好亲，二老以农民特有的感动和纯朴对待我们一家人。

儿时，到方家埭走亲戚是我们最风光的时刻。我们穿着格整整的新衣裳，在田里劳作人们的目光里走进方家埭。热情好事的乡亲传送着田间"电话"："宝塔河来人了！"一块田传一块田，消息很快就传给在田里干活的伯伯。他撂下农具，斜田抹角地往家里赶，怕我们枯站在门外。伯伯是俗称的"灯笼头"，一着急，额上就冒汗珠子，见到我们，拎起褂子角抹抹额上汗水，一脸憨厚的微笑。他用手掌在条凳上抹过来再抹过去，叫我们坐。其实凳上并没有灰尘，他要抹过了才放心，或者说才觉得对得起我们。伯伯平时话不多，见到我们话匣子就打开了，边告诉父亲些邻里近事，边张罗着烧茶水。早饭后已洗净的铁锅他还要刷了又刷，然后再用清水过一遍，才烧水。不一会儿，热气就从木锅盖缝里钻进来，陈旧的锅盖板味弥散了一屋。他怕水里有木器味，我与弟弟喝不惯，就在茶里多放些糖精，以至于有时茶水里反倒有点苦尾子。

作客方家埭如同在鲁迅先生《社戏》里的平桥镇，随处都能感受到乡里乡亲的真挚和亲热。嬷嬷娘家与伯伯家只隔条小河，穿过两个院落，绕过河头就到了。我们走过土场，兼亲带故的乡亲会主动走出门来招呼我们，谈论我长得像母亲，弟弟长得像父亲，还真诚地邀我们到屋里坐坐。嬷嬷娘见到我与弟弟总会说："我侄儿侄来了，嬷嬷娘心底只觉得过欢喜。"说话间脚步也变得轻快了，她麻利地从柜子里寻出花生袋，炒花生给我们吃。那时花生是过年才能吃上一回的上等物。没有沙子，又怕我们久等，急火烘炒出的花生壳焦黑的，她解下围裙，把黑乎乎的花生搓搓净，盛在瓢里，催我们吃。姑父有暗病，一发病就大口大口吐血，家中生活很窘迫，可是每回嬷

三塔谣

嬷娘总会倾其所有来待我们。那焦黑的花生,那低矮的草屋连同油灯烟熏得黑油油的芦望杖,把我们的童年涂满了善美的底色。

这么多年来喝过最畅快的一次酒是同伯伯喝的。那时我刚刚走上教师岗位,一个春夜,我到伯伯家有事。伯伯刚好出门倒水,我喊了声伯伯,伯伯定神一看是我,哎哟一声说:"我老侄儿呗!家里坐。"刚坐定他问我有没有吃夜饭,我说吃了。他叫嬷嬷(伯母)弄点菜,说同我喝口酒。过了一会儿嬷嬷把他喊到隔壁,我听到嬷嬷轻声告诉他,家里鸡蛋没有了,找不出东西。伯伯叫她到柜中小布袋里抄点圆丸儿豆(黄豆)炒炒。嬷嬷说:"那是做种粮的。""哎,老侄儿难得来的,你抄大半汤扣(小饭碗)炒炒!"伯伯的口吻不容商议。

那晚嬷嬷炒了两个下酒菜:一碗清炒大蒜,大半汤扣酱油拌圆丸儿豆。伯伯为我倒了满满一碗老黄酒,他自己只倒了小半碗陪我喝。伯伯不时用筷子头在圆丸儿豆碗上点点,拘我搛,邀我喝。自己不动筷子,多久才呷口酒。此情此意下,我最好的感激就是大口喝酒,率性搛菜。伯伯见我喝得好,嚼得香,手掌从短髭抹到下巴,很开心,说:"我老侄儿不嫌弃伯伯。"

我喝得尽情酣畅,二碗酒下肚,有了几分醉意。走出屋外,四野阒寂,远处传来两三声狗叫,田间有土虫在吹着音韵悠长的谣曲,麦在拔节,菜在孕薹,一阵阵清香冷不丁扑面而来,望着星光点点的辽阔夜空,真有羽化而登仙的感觉。后来喝过多种酒,夹过有谱有系的菜,不知怎么,再也没有喝出那个夜晚的感觉。

这就是我的农民长辈们。他们有着泥土和谷穗般的朴实,认准的人情事理,甘愿为之掏心掏肺;他们有着田野般坦荡无垠的心境,隐忍人世间的重负、辛酸和劳苦,包容着挥汗如雨的劳作与获得之间的巨大落差,而后就开出了人性最善美的花儿。我很有幸,我是他们的老侄儿。

瓦屋七八间

祖上有七八间瓦屋，这屋姓韩，完整地说也姓张。我们弟兄仨继承了这姓氏，也就顺理成章地继承了这几间房子。当然，我们还传承着这里的香火和家业，还有那些叫遗传基因的东西，包括说话的口气，走路的姿势，为人的脾性等等。人这一生忠实地承担着一个传承的角色，把祖上的东西接过来，再传给后辈，就这样与时光同行一茬茬传下去。我的上辈们一生进一巴二地好像就为着完成一件"大业"，这就是传后。"起屋要起朝南屋，子子孙孙享天福"，我家三间正屋朝南，冬暖夏凉。"前人栽树，后人乘凉"，我亲眼看到曾祖母六七十岁了，还弓着腰为我们栽果树。曾祖母希望长寿，但是又很现实，她栽好树后对我们说，我怕是吃不到树上的果子了，你们和你们的子孙会吃上好果子的。是的，为了子孙的福，她甘愿骨头累散架，甚至受凌辱。

每年清明节前后，我们到海港边去扫墓，遇到多年不见的老邻居，他们辨认后说，你们是张学道家的。是的，我们是祖父的后人，是他以及他传承下来的张家这一脉新的存在方式和延续，虽然我从祖母的姓氏姓韩了。人不是孙行者可以从石缝里蹦出,养育我的母体是一个人最神圣的"根",也是我传承的起点,这种基于生命血源的关系,从孕育那一刻起就注定了这个雷打不动的事实,尽管我努力活得与祖父和父亲不一样,但这种天定的关系早已把承前启后的潜意识根植在我的思维里。

　　海港坟地上长眠着张家门里的十二位老祖,这些老祖从未与我的目光对接过,我们彼此间连对方的长相都不知道,但是我们时常会在这七八间屋里相感应。这十二个祖坟里,有一个叫张巧姑娘的人,是我的张家曾祖母。她当家时,请木匠用楠树打了一张春台,这张春台有两张方桌长,一米多宽。我想,打制这张春台时,张家曾祖母心中一定有个后代人丁兴旺的大家庭蓝图。一落空,她就带着祖父和姑奶奶用手掌在台面上摩擦,把台面磨得异常光滑。这张春台足以用几代人。她是要把祖上的人气擦进台面里,让后人来感应吗? 这春台有一台面的记忆,姑奶奶归省,总爱摸摸光滑的台面,念叨张家曾祖母。夏天我们打着赤膊在光滑的台上睡过午觉,把汗水渗进了台面里,反过来也把深深的人气吸进了我们的肌肤。我用这张春台一直用到三十八岁。春台角上有块鸡蛋大小的木节子已经裂缝了。这点小小的缺损,丝毫削弱不了我们这个家庭爱惜它的责任。在台面上切东西,一定得用砧板,不舍得在台面上留下一条刀痕。冬天,我们要在台边上支一副磨豆浆用的小石磨,总会在磨下垫块粗布皮。一家人把这种情感生发开来,爱惜家里的每一件家什,桌凳哪怕挪半步,我们都会搬起来移动,不舍得推去拉来。爱惜、珍惜成了我们这个五代同堂大家庭集体的行为和习惯,而且这种行为习惯像夏日里的瓜藤不断地延伸着,我们在前辈里潜移默化,后辈又在我们中默化潜移。

我的祖辈们怎么也没有想到，将来，他们的后代会生活在他们一辈子都无法想象的日子里，到那时三年河东，三年就河西。漫长的农耕日子里，一代传一代传承了几十年甚至上百年的家儿家什，到时候会成了真正意义上的遗物。有一天，生活会不再需要青砖白缝的青灰墙，不再需要泅透岁月的桁条、木椽和小瓦，不再需要木帮上雕着狮子滚绣球花样的带着飞罩的老式床，不再需要饱含上辈人气的八仙桌、春台和乘凉的竹榻，不再需要劈柴的斫刀、斧头和红泥小火炉……我们把很多东西丢在那七八间老屋的岁月里了，再也找不回来了。生活的变化会改变物态世界，一个人的内心世界或者说注入人骨子里的东西会不会随即也轻易发生改变？

　　家族的河流不停地流过岁月，祖辈们在上游，在"源"的地方，他们想的是"流"的我们。哪怕是再家常的用品，一旦放在传家这条链上，就有了生命的光泽，就有叫意义的内涵，甚至包含了使命和责任，我们从祖辈手里接过每一样东西都是生命的传承。我要比祖辈们目光高远了，使用一件家什，我不再想也像祖辈那样细心又爱惜，等我用完了好传给下一代，因为社会发展变化太快。不过我依然想用我对人生和生活的理解来培育我的后辈。当然代沟会造成一些塑造的困难，但是我想人性里的东西是会超越一切的。我的韩家曾祖母有句口头禅：吃了杨家窨的水，就要像杨家窨的人。杨家窨在哪里，曾祖母不懂，她父亲就是这么教导她的。我会说给小辈们听，我祖父在世时，连一块小青砖头儿都不舍抛弃，砖块从后檐滴水坡上抛下去，他会拾回来。他说，这些都是祖记。这一块块小青砖里有着辛酸和悲凉的记忆。祖父在世时多次跟我们提到他的祖母，在他心目中那是位了不起的前辈。为了传承好这份家私，她宁愿受尽侮辱，也不让出分厘。后来房子又让日本鬼子一把火烧了,这些劫后余生的砖砖瓦瓦已经超越了单纯的物质而存在了。我还会说给他们听,不管哪一天回家迟了,春台上的绿纱碗橱里总会存放着属于我的那份菜。还有曾祖母、祖父母、父母吃辛受苦为我们煨热的每个日子,以及过年门框上"劳动兴家"、"勤俭是美德"、"和睦生财"等红红的春联,这些都构成了我内心的图景。

我想,物质的东西可以朽了、毁了、丢了,一滴露水还会把裹着泥尘的洇痕留在叶子上,一个家庭、一个人不会也不能没有记忆。

丫　头

称自家女儿，有些场合我往往叫丫头，比方说跟别人提到她时，或者跟她谈谈心，说到语重心长处会说一声，丫头啊。她长到二三十岁了，时不时还是如此称呼她。这大众化的称呼，带着老辈对小辈的情感，因为，在我们这辈人的潜意识里，儿女永远是长不大的男孩子、女孩子。

丫头上高中了，中考成绩不理想，我跟她商议怎么办。她想了几天说，想到我工作的学校上高中。新学期开学了，赖"教工子女"的福荫，她别上了向往的重点中学的校徽。期中考试过后，丫头提出要利用中午时间向老师讨教，有时不回家吃饭。妻说："你到食堂自己买饭菜，不要找爸爸，更不要找其他人。"女儿似听非听，未作任何反应。

一天，食堂里一位姓陆的师傅告诉我，中午食堂里用膳的人多，丫头排在售饭队伍最后，前面有几十位同学。陆师傅怕到最后买不到饭菜，再三要领她到窗口去先买，丫头不肯，陆师傅要帮她去买，她还是执意不肯。陆师傅最后还补充了一句："你家丫头真

三塔谣

像你。"听了这话,暗自为丫头高兴,又担心她胃不好,熬了饿,吃冷食。一时间我怀疑自己是否尽了父亲之责。但再想想,做家长的即便有点萤火之光,能照子女多远多久呢?

晚上回到家里,终究有点不放心,问起丫头的午餐情况。她告诉我:"中午吃的排骨和黄豆芽,就是饭不暖了。""怎么不拣喜欢吃的菜买?"(她平时不吃黄豆芽)。丫头回答道:"到最后,没得挑选了。"我又问:"在学校吃饭习惯吗?""还可以。"说完,她又埋头做作业了。丫头的回话,语调平缓,神情平静,无丝毫怨色和不满。也许在她看来,虽然父亲在学校里工作,但排排长队,吃吃冷饭是非常自然平常的事情。刹那间,我的心头不由一热,仔细端详起我家丫头来,她正紧锁双眉思考着作业题。灯光下,那头乌黑的齐耳短发,透出青春的靓丽。

丫头脾气有点犟。你越是说她,她越是跟你翻翘。有一回,让我说急了,她正言厉色地对我:"你十六七岁时,你晓得以后能到通中工作?你不要把我看扁了!"还有一次,我把她与同学比较数落她,她批驳我说,"告诉你,人就有差异的,你怎么不当博士后的呢?"想想,不无道理。汪曾祺先生说:"一个想用自己理想的模式塑造自己孩子的父亲是愚蠢的,而且可恶!"于是同自己定了条不成文的约定:给丫头一个宽环境,还自己一份好心情。从此就多看少说。看着,看着,心中就有了底,其实,不少事她心中是有谱儿的,我们老是不放心,是没有真正理解她。以前,我总觉得丫头情商不高。伴着她成长的我家小楼拆迁,交钥匙的前夜,她在她房间的墙壁上写下一片"我爱我家"的心语。后来我写小文《拆迁记事》,首先在脑海里浮现的就是这一感动我的细节。丫头情感世界是丰富的,只是她们这一代独立性比我们小时候强,在长辈前不轻易显山露水。

丫头大学毕业了，要到南京清华同方工作。临行前，她用手机在家里拍到东，拍到西。拍下她的床铺，拍下书房里她的学习用品，拍下煨热了我们居家生活的厨房，拍下盛过我们休闲心情的客厅……然后叫我站在阳台的窗前，叫妻坐在沙发上让她拍照。初秋的阳光从窗口探进来，洒在墙边一盆橡皮树上，黑油油的肥叶泛着光亮，鸡爪子似的新芽殷红殷红的，蓄势待发。她叫我笑一笑，我就露出笑意，叫头低一点，我就低一点。一切就着她，我料想她拍照是有用意的。拍好，她自言自语说，想家了就打开来看看。是的，思念的时候这也许是最好的疗药。这话说得我们越发舍不得她外出了。

托南京的朋友，帮她在集庆门那里租了间房。送她到租赁房里，妻帮她整理床铺，收拾屋子。我看见阳台上一只塑钢窗的月牙搭钩断了，刚好有段细铅丝，我想用铅丝把断搭钩绞起来，铅丝锈了，稍一用力就断了。正懊恼，丫头走过来说，没事。明天房东要来修的。我说，今夜不安全。她说，不要担心我，我会令心的。我还是坚持把铅丝接好，把窗搭钩绞起来了。其实牢固度有多大呢？也许只是自我心理安慰。分别时，丫头把我们送到路口，站在路边目送我们，我也回头看了她好几次。

丫头今后人生的路还很漫长，有阳光，肯定也有风雨，我想，有这些该有的人间底色，也用不着为她担心了。

曝　伏

　　天很蓝,胭脂似的朝霞如仙女飘飞的裙裳。看样子,这天又是个热腾腾的好晴天。女人站在场上,穿着短裤头和无袖的圆领衫,圆鼓鼓的膀子和腿鲜明地裸露出生命的强健和旺盛。她一边抬头望天,一边手拿木梳别在头后,不紧不慢地梳头,享受着大伏天清晨片刻的清凉和梳齿掠过头皮的惬意。望着湛蓝的天空和东天鲜亮的云霞,她麻利地把秀发绾在头顶上。这些细小的动作暗示出女人的心思,男人读懂了:今天要曝伏了。

　　"梅里芝麻时里豆"。时梅天栽下的芝麻长到人小腿肚子高了,可阴角落里梅雨天生成的霉斑还隐约可见。乘好天把被裳盖掴的晾出来曝个伏,是女人随大伏天气温一同上升的心思。女人从池间里一手挽出一张马儿凳(专用来搭楞的凳,比条凳高),她的手臂尽力上提,可凳脚仍不时地在泥地上划出拖痕。男人正踮着脚抽下吊在屋檐下的毛竹篙子,她刚把凳子相向地放在场心,他就把竹篙子搁上了凳,显得十分默契。凳子有些摇动,男人从屋后滴水坡上找来瓦爿,把凳脚垫实。女人已从堂前间里抱出大卷花帘,吃力地蹒跚着，男人箭步上前接过花帘卷，搁上竹篙根头，用力一推，大卷花帘像一幅长长的生活画卷，哗啦哗啦展开在竹篙上。他双手扯着帘边掀动了几下，花帘掀起水浪似的波痕，一波波涌向那头，复归平静，帘子更显得平伏了。他不由得深情地摩挲着光滑的帘子。这晒帘是他看着父亲选用根根粗细相仿的薪稞草秆编成，用过两代人了，薪稞草秆磨成暗红色。

太阳升上来了，威猛得很，满田满园的阳光，大白大亮，周遭的物事件件桩桩赤裸在光亮里，连人心头久藏着的心思似乎也快要藏不住了。眼光所及，蓬蓬架架的绿色在酽酽的暑气里泛亮光。小户人家所有的家底就在衣橱、台箱、梳桌里，平日要紧的橱门、抽屉总是关得严严实实的，甚至"铁将军"把守着，可今天同场边的太阳花一起在耀眼的阳光下，一一打开了，所有的家底都露相了。当家的女人心很细，大到棉衣夹被，小到针头线脑，闭上眼睛，她都能从橱里抽屉里摸出来。别说家当了，就是园前屋后的瓜藤，爬满了隙地草堆棚披，哪里开了朵实花，哪里结了个瓜纽，女人都明了，藤秧就纤在她心田哩。

女人把衣物从橱里、箱里抽出来，一叠叠捧到室外花帘上晾晒。大门楣上那窝燕子也来凑热闹，一对育雏的老燕飞进飞出，窝里，燕雏们叽叽着张大黄口待哺。太阳更毒了。男人打来井水，挤块凉毛巾递给女人揩汗，泡来大壶凉茶倒给女人解渴。喝完茶，女人索性把湿毛巾嵌在凉帽窝里，同凉帽一同戴在头上，毛巾头披挂在两腮间，随手擦汗。

火辣辣的太阳下，女人翻晒着一花帘的衣物，也在盘点她心头的许多事情：他要过整生日了，这几绞绒线给他结件绒线衣；小丫头来年要上学了，这布料子就给她做套新衣裳吧……她全部的情感不由得聚集到一双布鞋垫上,那鞋垫绣着"箩底方"的花纹,是她用花花绿绿的丝线一针针绣出的。那是个寒冬,在挖河的工地上,她和他相互有了好感。第二年春上,他约她去三里墩看露天电影,回家路上,她把这双鞋垫儿塞进他的口袋。那夜,亮月子好亮,这过程虽是一眨眼的工夫,可心里怦怦跳了好一阵。这鞋垫男人一直收藏着,说明她在他心中分量重着哩。

这一天孩子们也像过节一样快乐。一些小玩意让父母亲长年关在抽屉里的,现在全亮相了:铸着"大清顺治"字样的华华儿钱和"光绪元宝"的铜板,小辰光戴过的银镯子、母亲用的玉簪……可以随意亲近,任意把玩。男人和女人看着孩子们手里的小物件,不由触景生情了。这些是祖上掉下来的,虽说不值价,却是祖上留下的纪念。你瞧,顾贵生家的那棵腰粗的老柿树,老得一年结不了几个柿子,可还在地头好好"养"着,不就因为这树印证着顾家家族的故人和往事,当然也成为园上共同的记忆。乡下人很重这个。田禾一茬接一茬,人生一代接一代,树有根,水有源,做人什么时候都不要忘本。

天热,鸡狗也懒得啼叫,园上家家各忙各事。屋后漫生着的杨榆楝桑等园树,婆娑出一片夏韵,枝头热闹杀了,蝉叫像烧开的滚锅。花帘上铺满衣物,连伸出帘子外的竹篱梢上和晒衣铅丝上都挂着披着。岁月、生活、往事、希望,包括人的一腔情感都在白花花的太阳下晾着……女人和男人一直忙到晚霞满天时。物归原处,一切又恢复了平静。忙碌了一天,夫妻俩劳累了,四肢和腰有点酸胀,但也经历了一天生活和情感的浸润,心里很适意、舒坦。晚风中,长在阶沿砖缝里的蜀葵,饼状的花朵映着一地霞光,美丽而含蓄,凤仙花脉脉地散发着香气。

拆迁记事

　　我居住了十个寒暑的小楼,我要与你告别了。请搬家公司把你室内的家儿家什全部搬空,然后把各扇门上的钥匙交给开发商,离别你暂居他处。从今晚起我将永远不可能再在你的房间里安睡,不可能再在你的厨房里自在地吃喝,不可能再听到风吹气窗天籁般的声音。你也将完成生存的使命,同春花一起在这个春日里凋逝,化作永存我心中的记忆,成为我家居生活的一段历史。

　　上午家中的东西基本搬空了,阳光透过窗户,映照在象牙白的粉墙上,居室里一片光亮。我走到女儿房间里,猛然发现她床头的墙壁上,写着一些大大小小的铅笔字,走近细看,写的是"我爱我家",有中文也有英文。也许是想用一定的文字量来表达内心的真情实感,写了不少条,匆匆间写得龙飞凤舞。这是女儿的字迹,我料想是她晨起上学前写下的,字虽写得稚嫩,但是饱含着情感。昨夜也许她和父母亲一样,在临搬迁的家中没有了往日稳实的酣眠。我不知道女儿清晨怎样走出这家门的,但从这些临别留言中,可以触摸到她离家时心灵的脉搏。女儿的所作所为令我赏识处不多,今天这些挥洒真爱的文字却深深打动了我。我一时被搬家琐事所累、心无旁骛的意识猛然间复苏了，泪水禁不住模糊了双眼。是的，从生存意义上看，房屋是家物质化的外壳，是家的载体，没有这"宝盖头"何以为家？居家的日子里，我们看到屋前零星的菜地上茄子开花了、扁豆结角了，都会由衷地感恩土地、阳光和雨露。厚德载我的"家"，将要拆除了，人怎能无动于衷呢？

与开发商签约的第二天是星期日，妻在房间里忙碌着把衣物等打包裹、装纸箱。我在楼梯间的小书房里整理书籍，累了就一屁股坐在楼梯踏步上，望着头顶上折扇形层层递升的踏步发愣，母亲来看望我们，到跟前我才恍过神来。这幢临水小楼是我与妻用心血和汗水把它构筑，我熟悉它每面墙壁上水泥漆刷出的痕迹，熟悉每扇窗户的玻璃和窗缝。起房造屋是桩劳心费力的事，我用企盼的心情，看着在瓦匠师傅的手中，这头顶上的踏步板一级级升高，升到顶端，主体就封顶了。上梁的鞭炮声说出了我与妻所有的喜悦。

门前是条小河，地势低洼。新房落成了，我与妻利用业余时间用畚箕车到别处拉土壅墙脚、填场。我在前拉，妻在后推；或妻拉我推。那晚天将黑了，妻为了赶在工地关门前多拉一车土，在拐弯处角度过小，匆匆间车轮突然阂在路边石块上，一个急刹，妻毫无防备，膝盖跪地，车的铁脚差一点就窒她脚上。这些酸里夹着甜的滋味，萌生出我丰富的生活味蕾。

就在这小楼里，我与妻完成了人生的一大跨越，实践了对家的全部内涵的体验。以前我家是一个五代同堂的大家庭，祖母是当家人，操持着家中的一切。我与大弟都养儿抚女了，也没有分家。五代人厮守着七八间老房子，共享天伦。新屋落成后第二年秋天，祖母对我们兄弟仨说,我老了,也累了。你们各自都有了新房子,就各奔前程吧。中秋节晚上,祖母请我们吃了顿分家饭,并分给我们一些新的碗筷算是分家了。

那年我女儿九岁。有小楼为依托,我与妻尽力寻找着祖辈们持家的遗传基因,一心要在芸芸家的群落里,建起一个温暖又像模像样的新家。我们尽力把一个个生活细节做得精当,以此来向左右而邻们展现我们这户人家的生活热情和生存态度。妻一有空闲就收拾屋子,总要累得刘海快意地粘在额前。连爬在外墙上进户电线的铁脚,也定期刷银粉漆,怕锈水下挂,影响外观。屋前有一块临水隙地,妻请父亲在周边插上砖牙。她不会种地,但从不让它抛荒。妻说前有荒地,就不像户人家。不会搭豆棚,她就请隔壁哥哥来帮忙,把它当成院中一景来侍弄。一年到头地里应时生长着白菜黑菜、青葱绿蒜、紫茄红椒,也生长着我家居的日子和生活。

小楼是我精神所在。闲处时,我喜欢看它,像读自己的习作。望望坡状的屋顶,看看飞出的檐口,摸摸光滑的墙壁,细细品味创造、享有它的百味。春日对岸人家屋后的园树一片新绿,泡桐树梢开着一团团粉嘟嘟的紫花,槐树枝头一串串白色的槐花摇荡着酽酽的春味,河坎上时常有菜粉蝶成双捉对款款而飞。夏日放暑假,我伏案读书,凉风多情地摇动廊上晾晒的衣物,摇得晒衣架吱呀有声,一阵风穿窗而入,凉面爽额。秋夜月满树头,我喜欢熄掉所有的光源,让饱蘸秋色、盛满天情的月光走进我弥漫着桂香的小院敞廊,走进我家意甚浓的厅堂居室,也走进我的心田。门前的小河流淌着月的金魂,从驮着清辉的农家楼群边扭过,拐进空灵的夜色里,留给人无尽的回味和遐想。冬晨,雪满院场,妻与东隔壁哥哥一齐铲雪，铁铲、扫帚与水泥场面摩擦出一个有声有色的清晨……

　　交出钥匙后不久，我家小楼就在民工们大铁锤的叮当声里夷为平地。拆除时我特地到老家再去看了看。去年我们结束了过渡生活，搬进了新家。楼前有一块绿地，说来真巧，绿地的西侧偏偏就是我家小楼的原宅基地。每天我走到窗前就能见到它，这是天意。

我的青葱岁月

对母校最初的印象，是从坊间流传的顺口溜开始的：中国南通，友谊桥东，鲁家坝里有个市三中……后来，我也成了她的学生，在那里度过初中和高中时光。虽然那是个非常时期，但是对一个人的成长而言却是黄金岁月。四年多的学习生活，让我从入学坐在第一排的小个子，长成拿到毕业证书的次日就能挑起粪担子的壮劳力。从心智层面上说，我有了时代赋予的头衔"回乡知青"，具有了我的祖辈们所没有的内涵。这些都是母校育养的结果。用老一辈简单地理解来说，到校就是天天读读"语录"，到底也能多识多少字。何况母校生活里还有那么多善美的东西，渗透进我们青春的灵魂，影响了我以后的人生。

一

母校有水。穿过南园弯弯的狭窄的老巷子，逼仄的视野一下开阔了，眼前是一塘清汪汪的绿水。绕过池塘，南行百十步，便是校门。春去秋来，那水面映照过多少从校门前进进出出的身影。

三塔谣

校园内也有水，一条河弯弯曲曲穿过校园，水汽氤氲。水，灵秀，灵动，也包容。

那年秋天，在"复课闹革命"的大红标语下，我跨进了母校。我是转学来的。原先按地区录取在三里墩的一初中。祖母说，那边路太远了，请老孔（他是我邻居，在市三中食堂里烧饭）出来说说吧，调到市三中。孔家伯伯的请求很快就得到学校批准，他叫我们到一初中找人把学籍档案拿出来，由他交到学校，事情就成了。这代表我资格和身份的档案，就是一张登记表。也许是那位经办人的粗心大意，让我有生以来第一次见到纸质的"我"。这个"我"会随着我的成长而加厚，伴随一生，关键时还可能决定我的命运。当我把政审情况栏里的意见告诉祖母时，她眉头紧锁。那栏里赫然写着：该生家庭历史成分复杂，正在进一步审查中。不就是祖上有点历史黑斑，怎么到猴年马月了还没有审清呢？那确实是一个复杂得说不清的年代。这政审结论会不会有影响，祖母的心悬着，等孔家伯伯回话说学校接受了，她才放了心。我们感谢孔家伯伯，也由衷地感激我将要跨进的学校。

有黑的背景，又有事事当心的家训，还有身边活生生事例的前车之鉴，我努力小心翼翼做学生，可一个孩子慎微的智量到底有限。上初一时，有一回老师讲评作文（就是大批判文章）。她的讲评很实在，平和，重事理，并不看好假大空的口号和那呛人的火药味。不过，到最后她变得严肃起来，是警示，又是批评，加重语气说，个别同学要好好注意！漏了一字，意思天壤之别，粗心大意可能会酿成大问题。从她的神情里我们感到问题有些严重。作文活页纸发下来了，我的作文怎么没打等级？当看到老师红笔划的浪线时，脑子嗡的一声，一股燥热传遍周身。那时，有要天天讲的事，有千万不要忘记的事,可我竟把至关重要的"不"字给漏了。老师在"千万要忘记"下划了浪线,后面重重地打了三个问号。吓得我一下课,就悄悄把作文纸撕碎扔进了垃圾箱。

很遗憾,这位老师的名姓我记不得了,因为不久她就调走了。可至今我闭上眼睛,还能回想起她那老是潮红的脸庞和齐耳短发。在那特殊的年代,她却以人性化的色彩来理解、宽容、警醒一个孩子的粗心大意,让我感恩到现在。

二

阳光和我们一起走进教室,和暖的光线穿过洞开的木窗,落在桌面和地上。我们正感受着早晨的新鲜和明静。突然,鲍永禄老师闯进教室,把两块裹着草木灰的砖块往讲台角上一放,看得出是从窑里刚拎出来的。他用带着沙里口音的普通话说,报喜!同学们,我们的青砖成功了!接着他激动地举起右臂高呼:毛主席万岁!毛主席万万岁!我们也跟着他振臂齐呼。平静的教室一下子兴奋起来。崔老二同学喜欢来点冷幽默。他模仿"座山雕"迎接联络图的神态,甩甩袖子,走上前,抹去草木灰。我们凑上前一看,两砖块只有朝天的脊背青了,其余部分还是红的。大家不免有点失望。不过,从烧制红砖到烧制青砖的探索,总算看到一线希望的光亮。

那时,校内小河的南岸建起了一座小砖窑,制作"战备砖"成了我们的第二课堂。那是纯手工制作的黏土砖。制砖坯的场景,不亚于一个小砖窑厂。和泥的握着钉耙你耙我捣,或干脆卷起裤管踩泥;制坯的捧起泥坨,掼得噼啪有声;运坯的像跑堂的店小二。这是学习,是劳动,也是带着几分玩味的生活。兴致高时,我们把砖坯做得有模有样。像和面团一样把泥坨搋粘,捧起泥坨掼在木模里,用弓弦(一根细铁丝)缘木模的上沿拉去多余的泥团,拆去模壳,一块棱角齐整方方正正的土坯脱壳而出。这时候,我们常为自己大师傅般的身手感到满足。

烧窑主要由男生来担当,十来天不能断火,一班三四个人,白天黑夜轮班倒。夜间烧窑带着几分刺激,四周黑黝黝的,远近的路灯睡眼惺忪,楼舍树木随夜色的加深变得虚幻起来。可窑膛里正燃烧着通红的激情,我们常会被它感染,由好奇心上升为承担和守望责任的庄严感。

砖烧成了,要出窑,那是苦脏累的活儿。特别是出窑底的砖,一支长竹梯,三四个人依次立在梯档上,组成人力"传输链",接过出窑同学手里的砖,一个接一个递上去。窑里余热还没散尽,干燥飞扬的砖灰屑呛鼻,人感到憋闷,只有从窑洞口照射进来的阳光还是那样明静而美好。

那是多梦的岁月,可是我们的梦如狂风里难以展翅的鸟儿。到长江边拉坯土更是费力的活儿。暮霭沉沉,大江上航标灯闪烁着孤独的幽光,脚下温情的波涛轻吻着江滩,面对辽阔江天,我觉得自己是江上一只随波逐浪的船,不知将来命运的波浪会把我推向何处。当然,这忧伤的云飘过,很快又晴了天,我们照旧快乐着青春的快乐。累了,大家就一字儿躺在江滩上,在江风涛声里,七嘴八舌把《智取威虎山》、《沙家浜》等样板戏的精彩片断,从演唱、对白到音乐,演绎得绘声绘色、分毫不爽。当踏着夜色,拉着沉重的板车从节制闸直冲而下,两腿生风,饥饿和疲劳被激情的过程冲淡了。作为学生,这些经历是特殊年代的偶然,但是这偶然带来的历练歪打正着地成为人生的必然。我想,人能在青春初期就涂上些耐苦耐劳的底色,有如一条木航船远航前涂上了厚重的桐油,更加耐航。

三

用教育行话来说,母校是基础教育,她确实给我基础。离开母校我再也没有接受过全日制教育,走上工作岗位,是在原有基础上通过自学、进修、函授获得知识和学历的提高。我成为一名语文教师,是母校给了我最初的文学感觉。那个年代,有许多政治化的动作冲淡了学习,可老师们对教育"传道授业解惑"本质内涵的坚守,依然顽强演绎着教育的大善。

走进母校上的第一堂正版的语文课是听老师讲《卜算子·咏梅》。那是知识的荒年,第一次接触到词牌和平仄格律知识,学到新文化、又有新进步的激动充斥周身。至今还记得老师对"犹有花之俏"词句中"俏"的解析。他说,表面意思是表现梅花傲寒挺立,花开俊俏,实际意思是表现革命人风雪压不垮的情操。老师指导我们有声有色地反复吟读,我第一次体会到文学语言如此丰富多彩。那时正值冬天,教室后花坛里一株腊梅含苞欲放,课堂的情和生活的景交融,一股说不出的情味在我的心间涌动。

记得朱光汉老师,为了解答我们学习《公报》提出的不理解的成语和古诗句,如"中流砥柱"、"黑云压城城欲摧"等等,专门请来一位老先生为我们讲解。老先生是位书橱式的老师,他纵横展开,旁征博引,信手拈来,让我们感到知识的大海如此浩瀚而美妙。

记忆的底片上,还有韩承义老师讲鲁迅杂文的深刻刚健,叶余老师讲通讯报道的平实透辟,沈光耀老师讲语法的通俗家常。那时语文课回避语法修辞,沈老师自作主张给我们讲主谓宾和定状补,他相信是知识总会有用。他从日常对话引出概念,易懂易记。后来,当了语文老师,我喜欢钻研语法修辞,我想,或多或少是受了沈老师的影响。

诚然,那时候学到的知识很有限,这些语文美感更是零散的,但是,这些零打碎敲同样能潜移默化地改变一个人的心智结构,然后,源源不断地生成后续效应,就好比打通了一口泉眼,那泉水自会汩汩不息地涌流。

心灵的天堂

　　实话实说,我没能像歌儿里唱的:找点儿时间,找点儿空闲,常回家看看。可是每当父母召唤或感到心身疲惫时,我就很想回到父母身边,去找找人身初始状态的那种感觉,让尽力承受生活负荷的心小憩在父母慈爱的枝头,打个盹儿也好。

　　这次父母亲拆迁安置,搬进了新居。搬迁过程中,他俩没有惊动我,等一切都整理妥当了,才叫我回家看看。新居的内装潢如同父母一生保持着节俭的习惯一样,简单实用而已。住房面积不大,不少旧家具已寄存他处,但我仍能从一张旧方桌或老式五斗橱门上泛出的钝光中找到儿时的记忆和温暖。

　　母亲告诉我,大件家具请搬家公司搬运的,小件和零碎东西是父亲一担担从租住的后幢五楼挑到前幢四楼新居,一共挑了十几担。听母亲说这番话时,我正大嚼父亲为我炒的菜,一时间我不由扶碗停筷,忘记下咽。父亲七十岁的人了,而且患痛风症多年,他那患病的老腿怎样从一节节楼梯踏下,又一节节攀上,把一担晃悠悠的家什挑进新居?搬迁中,作长子的一点都没能替他们分担劳

三塔谣

累,甚至连个问讯的电话都没打。我忙向父母表示歉意以求得谅解。父亲憨厚地笑了笑说:"我懂你忙。哪有做爹娘的同子女计较的。"是的,父母亲不计较我,要不,他们不会叫我回来看看,还叫我吃饭。一个子女都已长大成人的人,还被人像孩子般的宽容理解着,只有在父母面前。

母亲十六岁时就生了我。至今还依稀记得幼年时母亲大孩子般与我嬉耍的情景。那时曾祖母常说,母亲生我如下了个蛋,下完了就不管蛋的事了。如今母亲已做了二十年的奶奶,她似乎要补偿对我的爱。那天母亲叫我去吃中饭。饭桌上我多喝了些汤,喝出微汗,我很困。母亲说:"你稍躺一忽,我喊你上班。"于是我就赤裸上身,大大咧咧地睡在母亲的床上。醒来,见母亲坐在床边的藤椅上,静静地理着纱线。母亲看我醒了说:"你睡得好实。我在这边理理线,边听你打呼噜哩。"我心头一热,没有马上起身,而是像儿时那样赖了一会儿床,想得很多。母亲不会计较我汗渍渍的背脏了她刚擦过的草席,更不会计较一个大男人赤膊条条地躺在她的床上,因为睡着的是她的儿子,他睡得越稳实,她心里越舒坦,而且在母亲的听觉世界里,儿子的鼾声也是世上最好听的声音。自成年后,我少有的感到我与母亲之间的距离是这样近。

这是最佳距离。母亲依然爱着疼着我,而再也没儿时那种絮絮叨叨的管教。在父母身旁,可以彻底放松每根安身立命的神经,甚至可以把智力下降到儿童水平。你不必为某种生存的需要,遮掩自己的丑品或丑相。父母对你知根知底。热了,我就打打赤膊、赤赤脚,累了,我就把腿跷在凳上;饿了,可以在开饭前,先用两只指头拈块菜填饥;一切由着心性,让人真正感到生命的自在。父母亲对我们天性的裸露毫无不满,还怂恿着。每年清明节前,全家到长江边去扫墓,大弟和小弟从小喜欢捉鱼摸虾的天性未泯,扫完墓,总要带着女儿、侄儿到江滩上去挖蟛蜞。事先父亲就准备好了铁锹。挖回来,父亲把蟛蜞洗净,清炒。蟛蜞的香味与春天的气息弥漫了一屋子,诱发出许多悠长的回忆:春水粼粼,芦芽青青,河坎上蟛蜞洞如蜂窝。几个孩子手握竹筷和小锹,蹑手蹑脚沿着河坎闸在洞口悠闲着的蟛蜞……

晚上,一家人围着圆桌,像嚼芦穄一样大嚼炒蟛蜞,就着陈年的老黄酒,直喝到身轻如鸿,满天星光。

凌　夫　子

　　凌夫子给我的最初印象是记性好，有才气。他能把李白的《将进酒》和《行路难》等长诗，倒背如流。当然那是在酒后，喝到酒酣耳热时，激情胜过理性，他咕噜一声，喝下一大口酒，然后习惯性地用掌心轻巧而利索地抹过嘴唇，"李白"就一句句蹦出来了。身为语文教师，凌夫子的普通话比"狼山牌"强不了多少，例如他把"火"念成"hě"（和的上声），把"作弊"，念成"zuòbèi"（作备）。他虽说很性情，但也深谙"文人相轻，自古而言"的古训，省得在同事面前出洋相，他索性就用方言诵"李白"，有时还舞之蹈之。他背诵"君不见黄河之水天上来"，张开蒲扇般的大手，举过头顶，用力一挥，似乎那奔涌的黄河水哗的一声，真的从天上一泻而来。

　　凌夫子是有才。他上课，教科书翻到要讲的那一页，卷成筒状一握，另一只手拿两支粉笔，就走进课堂。重要的内容备在书上，更多的是备在脑子里。他讲课声如洪钟，抑扬顿挫，激情入木三分。最让他来劲的是引领学生突破教学重点和难点。他把这比作"岳飞枪挑小梁王"，说："前面的回合都是铺垫，时机到了。"他伸出食指作枪头，嗖的一声，手臂用力甩出去，"一枪就要挑下马来，不还二手。"这时候他神采飞扬，像说书的说到高潮处，额上青筋暴出，揸开五指，用指背在黑板的板书重点上点了又点。此刻，他衣服上说不准哪儿已蹭上了粉笔灰，用他老婆的话说，他是用衣裳揩黑板哩。不仅如此，他的口袋有时还是"杂货店"。夫子爱穿四个袋子的中山装，换洗衣服时，他老婆时常会从他上下左右的口袋里，不是掏出粉笔头，就是摸出了香烟屁股什么的。

有一回，他急匆匆地赶到教室上晨读，一进教室，学生就笑，当然是偷偷地笑。凌夫子四方脸，骨骼粗，轮廓分明，而且头发根子硬撅撅的，在学生眼里是很威严的。夫子一脸的严肃，说："有什么好嬉皮笑脸的？各自念书！"书声四起了。奇怪，仍有学生在读书的间隙里不时窃笑。他正想发火，有学生指指他的衬衫，他自我一打量，噗嗤一声，也不由大笑起来。原来衫衬的第二粒纽扣，扣进了第三个纽扣眼里，以下的都跟着错位了，下摆一边长，一边短。先生一笑，学生趁机一片哄笑。他笑着用手掌轻轻捋过胡髭，纠正了纽扣，敛了笑，重新脸一沉："念书！"于是教室里又响起了一片叽里呱啦的读书声。

那时，学校规定每个教师每学期要上一堂研究课。有一回，凌夫子的研究课选题是讲授毛泽东的词《卜算子·咏梅》。那正是春暖花开的时节，农田里，金黄的油菜花儿一直拥到学校围墙边，学校后的小河里都映着灿黄的倒影。校领导和语文学科的同行都要来听课。凌夫子穿一件笔挺的蓝卡其中山装，头发特意搽了点发油，一顺梳向后，纹丝不乱。他从这首词的小序"读陆游咏梅词，反其意而用之"切入破题，然后板书课文题目，他把"卜算子"和"咏"写得巴掌大，把"梅"写得足有半黑板长。听课的人莫名其妙，有的

三塔谣

相互使使眼色,有的窥视窥视校领导的表情。凌夫子本来就喜爱古典诗词,讲诗词是他的长项,这一堂课他讲得得心应手,而且始终激情洋溢,眉飞色舞。课后,马校长问学科组长季夫子:老凌今天怎么回事?把梅字写了半黑板大?季夫子愣了一下,打圆场说:这首词歌颂的对象是"梅",毛泽东笔下的"梅"是全新的形象,用夸张的手法来突出强调一下,也未尝不可。同学科的人私下里也在议论。有知情人说,凌夫子大学毕业分到如东工作时,有个要好的叫什么梅的,春暖花开时节,他常会触景生情的。

凌夫子嗜烟,也嗜酒。烟两天三包,酒常要喝到淹心处。那次,同学科顾捷老师的丈人去世了,众人凑了个份子,道个哀。为答谢大家,一个周末,顾老师邀请大家去喝酒。他家住在桃园的笔搁儿山,离城较远。大家背着凌夫子商定,千万不要闹酒,更不能劝凌夫子喝。他喝醉了,这么多路,挽又不好挽,驮又不好驮。

酒席上,只有主家礼节性地敬了一圈酒,大家各饮各的。凌夫子是个灵性的人,见众人不搭讪他,他也估摸出了大家的心思。再说,老是喝多了让同事们送回家,也不过意。因此他控制着,浅饮慢酌。眼见酒席到了尾声,凌夫子忽然激动起来,他问:"有没有人敬我的酒了?"我们说,酒喝多了,无力再敬了。他要顾老师再拿一只酒碗来,并叫顾老师把他的酒碗和新拿来的酒碗都倒满,面对两碗酒,他对大家说:"没有人敬我了。我自己敬我自己一杯总可以吧?"大家想不到他还有这一着,面面相觑。说着,他站起身,一手端起一碗酒,叮咚一碰,咕咚咕咚就把两碗黄酒喝空了。吃了几口菜,他大概还没有尽兴,自己拎来酒铫子,又把两个碗斟满了,说:"各位!来而不往非礼也。我敬了我一杯,按理我应该要反敬我自己一杯才对。"不由大家劝说,又站起来,喝一碗,呵口气,咕咚咕咚把两碗酒又喝得底朝天。这么多酒下了肚,凌夫子亢奋了。离开顾家时,他对大家说:"你们这帮狗贼。怕我喝多了要送我回家。告诉你们,我酒不多。"说罢,率先推着自行车,迈着虎步噔噔噔地上路了。出了弯弯曲曲的小路,就上了西山路,缘路边是西山河。那夜亮星明月的。凌夫子走上了丁字河的水泥拱桥,我们落在后头,离他还有一箭距离。他手一挥大呼道:"同志们,跟我走!"边喊边踮着车冲下桥去。不知有没有跨上车,又听到他大喊:"不好,我的马不对。"只听到哗啦一声,连人带车,栽进了西山河里。好在水浅,又只栽倒在河边上。大家赶过去,七手八脚地把他扶上了岸。大概酒劲上来了,一上岸,凌夫子顿时萎头耷耳的了。等到曹公祠一个同事家里帮他换了衣服,再把他送到灰堆坝,已半夜了。

凌夫子就是这么一个人。令人叹惜的是,他退休后不久,就生病去世了。不过,他可是在人世间真实地很性情地活过了一遭,我不知凌夫子生前是不是这么想的。

第二辑

让阳光从心田静静流过，过滤出生命和岁月的美好，这种知觉，就像鱼儿游过流水的知觉，就像柳条荡过熏风的知觉。水流走了，风吹过了，但这知觉却滋养了生命。

用心走过每一天

元旦前夕,我的办公桌上要举行一个小小的新老交替"仪式":把旧台历从台历架上取下,换上新台历。这简单的"仪式",往往会引发我心中隐隐的忧伤。一年前,这旧台历上 365 个日子排列在我生命旅程前,等待属于它们的那轮太阳一一去照亮,等待我一一踏上生活的足迹。我拥有着它们,它们属于我,可现在只剩下窗外一片夕照了。今夜的星河是"楚河汉界",分隔着两个年份。记忆中,这一年的第一缕阳光似乎还没收尽,转眼间,又面临这条"楚河汉界"了。我在那些曾经属于我的日子里,留下了什么样的心灵印迹呢?盘点盘点,真有点惶恐了。

乡居的日子,春节前,岳父大人总要拿来裁好的红纸卷,叫我写春联,大门的、房门的等等,有一副对联,他老人家百贴不厌。怕我忘了,他特地用圆珠笔写在红纸的反面:"常将有日思无日,莫待无时思有时",并叮嘱我这副要写。那时年轻,认为这对联所言之理无非是些居家过日子的小智慧,如今才知却是人生的大境界。人世间有些"有"与"无"还可以互相逆转,比如居所、车马、钱财,再高级一点的:情感、精神、信念,"有"可"无",也可从"无"到"有"。人生时光,失去了永远不会再有。儿时,一位"酒仙"式的高邻,是村里寥若晨星的读书人。每每喝多了酒,会像"孔乙己"一样亲近孩子。他常醉醺醺地告诫我们说:要珍惜每寸光阴,古人云,"劝君莫惜金缕衣,劝君须惜少年时。花开堪折直须折,莫待无花空折枝"。说到动情处,带着醉意的眼神有股莫名的感伤。可惜,那时我没有读懂。等告别了欢蹦雀跃的童年,走过"豆蔻梢头二月初"的青春时光,才醍醐灌顶,回味出:那眼神是对青春年少的眷恋,是对时光飞逝、无法逆转的无奈,是对"人生易老天难老"的感怀。可是人生途中是不容"事后诸葛"的。

子在川上曰:"逝者如斯夫,不舍昼夜。"这是龙的传人对时光的千古一叹。人这一生,即使能活到八十岁,80本台历叠起来岿然高过屋脊,但是回头看看过去的日子,几十本不就这么一张张地翻过来了吗? 一位诗人有句刻骨铭心的格言:"一生活在今天里。"是的,昨天在记忆中,明天在向往里,无论我们多么有能耐,永远只能拥有今天。更何况,未来的日子,还有许多不确定因素,走进晨光,你才能真正拥有它。珍惜时光,这是生命本能的呼唤。再平常的日子都包含着生存与生命的大意义,因此没有任何理由不用心过好每一天。也许我们这一生注定平淡,但并不意味着生命廉价。无论阴晴圆缺,都要用心走过,用鲜活的生命去感受时光,在感受时光里领略人生的滋味,感念生命存在的美好,获得生存快乐。

我知道,当我在电脑上打下这些文字时,日子就从字缝里漏走了。这不要紧,我的心是自然的。此刻,我要是走到窗前,就能听到今天阳光洒落的声音。怕就怕我的心被什么迷住了,被称作"欲"的东西全填满了,腾不出一点点空隙来容纳今天的阳光,等醒

三塔谣

悟了,时过境迁。阳光是空灵的,日子也是空灵的,只有空灵的心才能真正感悟它。让静静的阳光从静静的心田流过,过滤出生命和岁月的美好,这种人生知觉,就像鱼儿游过清澈流水的知觉,就像绿茸茸的柳条荡过熏风的知觉。水流走了,风吹过了,但这知觉却滋养了生命。人生的旅程就是这样:不断用一些方式去获得生存的知觉,知觉好,生命就好。生理层面的感觉再多,都无法替代来自心灵的知觉。物欲可以无止境,但是生理的满足永远是有限度的:家有千舍,夜来只睡七尺。而心灵世界是无限的,这个"世界"越大,生命的宽度就越宽。因此常以无所为而为的心理,来守望阳光,感悟生命,会活得更有意味,生命也就更有意境。

很佩服国学大师文怀沙先生。十年动乱初,他在秦城监狱中,肝痛剧烈,被诊断为绝症(后来才知是误诊),面临苦难,他翻然悟出:痛苦也是生命的一种表现形式,人在经受、领略痛苦的同时也在领略生命的存在。这种"超人"式的生命感悟,很洒脱,更让人激奋。生命的理念就是感悟存在。存在,照词典上的说法是持续的占有着空间和时间。文先生所领略的存在,不是躯体的"占有"(牢狱中和病魔手里的躯体,何言占有?),而是人精神的"占有"。痛苦折磨着人,也加深了人对生命存在的独特感受和理解,造就出人的精神。人生百味,有甘有苦。对生命苦的领略和感悟,比淹没在甜中的盲目和茫然,不知要高级多少倍。这种生命存在感是非凡的。

俗话说,太阳从家家门口经过。时光是公平的,如何面对人生时光,这是各人自己的事。我们主宰不了时光,但可以主宰自己的心灵。在生命的每一天里,让我们多一点精神的存在和心灵的感悟,领略人生的真谛,活出生命的厚重。

常怀平常心

前年在党校学习,一位同窗临别赠言:用平常心待人处事。当时就觉得这句话有意味,平实中透着哲理。后来常用这"钥匙"去开人生浮躁的"锁",一旦打开,坦然如初,烦忧涣然冰释,头顶上的太阳又是明晃晃的。世事有时挺复杂,有时又变得很简单,关键看持什么样的心态。心态不同,想头不同,简单的也变复杂了。如此共振的次数多了,也就把这句赠言引以为人生信条,人也活得日见理智了。

有一颗平常心,多好!粗茶淡饭你能吃得水美米香,硬板床你能睡得平心静气,就是一辆破车,也能踏得好风都朝你吹来。没有昧天理良心的小动作,活得坦然;不为名而伤神,不为利而劳心,经常保持一个良好的心境,更能益寿延年。人活到这个分上,还图什么呢?

平常心是娘胎里出来时的"原装心"。人生途中,一茬茬诱惑接踵而来,平常心难免会丢失了,但不要紧,你可以寻找它。看到别人扬名了,发迹了,生财了,当内心躁动或发酸的时候,当名利欲不能如意伸展，物质需求不能像十五的满月，纵横比较得失亏了一点，心理天平失衡的时候，你呼唤一下平常心吧。回归到"本我"状态，你的心便会归于自然、旷远、淡泊，感到世上有许多耿耿于怀的东西本可以释然。

怀着平常心，有助于人先做人，后做事，在既不平庸、又不浮躁之间，找准自己的人生坐标。去年《读书》杂志第三期上有一篇短文《用"出世"的思想干"入世"的工作》，读后深受启发。人活着，总得做点事，但做事的出发点定位在哪里，很有讲究。多一点老庄"出世"的淡泊，多一点平常心，为做事而做事，容易站在最佳角度上来看清问题，把握尺度，找准着力点。远离平常心，过分功利，原本青枝绿叶的事往往也可能办黄了。

平常心不是精神家园中的"阳春白雪"，恰恰相反，它是"下里巴人"。它不需要苦行僧式的修炼。田园陌巷是其沃土，粗饭淡菜是其本相，童心的纯真是其底色，朴拙的民风是其根源。

不管人在何处，只要你时时记着田头野风、深巷犬吠，记着日出月落、人间炊烟，就会常怀平常心。

用体温温暖自己

小学里上语文课,学过数十篇课文,至今还记得的寥寥。有一篇童话故事却始终记忆犹新,题目是《红鼻子哥哥和蓝鼻子弟弟》。哥俩是拟人化的朔风。冬阳孤照,土块冻得发白,小哥俩在空旷的田野里"疯"厌了,贪图新鲜,约定去冻人比能耐。乡道上驶着辆马车,车上坐着位穿裘皮大衣的商人;还走着一个农人,手提一把板斧,穿着洞串洞的粗布棉袄。蓝鼻子弟弟对哥哥说,那个农人一定好冻。就跟上了农人。红鼻子哥哥跟上了商人。结果很富有戏剧性,商人坐在马车上被红鼻子哥哥冻得紧裹大衣,缩没了脖子,越裹越缩越挨冻。农人走进了一片树林里,抡起板斧,叮咚叮咚使劲砍树,任凭蓝鼻子弟弟使劲冻他。不久农人头上便热气腾腾,他索性脱下破棉袄,砍得更来劲。蓝鼻子弟弟只得无功而返。哥俩再相见时,蓝鼻子弟弟很羞愧。多少年过去了,记不得这篇童话的作者是谁,也记不得老师是如何教这篇课文的,可是故事中透出的道理之光,却给了一个蒙童懵然无知的内心世界最初的亮色,而且如同早行时的天光,越走进时光深处,越领略到其中多彩的光亮。

抵御寒风,商人依赖锦袍貂裘,农人依靠自身的体温。常言道:有福吃福,无福吃力。谁料有时吃福还不如吃力。谁不想"好风凭借力,送我上青云"。可是人一生中能碰上这样好风的概率也许是零。当借不到好风时,让我们挖掘自身吧,静静感受我心房里钟摆般匀速的跳动,凝神倾听我鼻腔内溪水般流畅的呼吸,仔细触摸我阳春般温暖的肉体。也许我就是我的"好风"。我经常这样问自己:当外界不能给我光亮,不能给我感动,不能给我温暖,能不能自己给自己光亮,自己让自己感动,自己温暖自己?

前几天,看了学生演出的小话剧。小主人公被同学们误解,处于孤境。生日那天她给自己寄上一份贺礼,自祝生日快乐。我相信这是真实的生活情节。因为我认识的一位教授给我讲过同样的故事。教授先生书生气,虽不像林逋"梅妻鹤子",但多年以书为朋,以文为友。他五十岁生日,没有贺礼和寿宴,没有烛光和掌声,那天他到书店买了一千元书送给自己,并在书的扉页上恭恭敬敬写上给自己的生日祝语。如今教授已近退休之年。他说这么多年过去了,每当翻到这些生日礼物,看到自己写给自己的祝语,总有难以言传的激动和温暖。教授为人极谦恭,常有高论,但总说迂见,迂见。这也许是实话实说,"迂"后才有超常人的见识和行为。

我敬佩一位老朋友的耐烦劲儿,随处都能温暖地活着。那年他被一纸红头文件安排到一所远郊学校担任一把手。那所学校给他的第一印象是荒凉,耕牛在操场上啃草,场边一片乱坟堆。他以书生意气加做人的谦和,把散乱的人心捆齐了,把软环境理好了,硬件也逐步改善,学校圈起围墙,盖起新楼,可是毕竟底子太薄。老师们都是文化人,在艰苦的环境中,对物质和精神的需求像枯水季节的河床对水的渴望。他是一校之主,老的要关心,小的要培养,老少都要激励。可谁来激励他呢? 社会? 那所学校太偏太小,条件很简陋,似乎无足轻重。好生源都流失了,多数家长对子女和学校的希望值不高。组织? 从权力意义上讲,他就是一级组织,更高的组织远在城里,遇事过节才能想到他。用这位朋友的话说,这样的学校就像城市角落里的路灯,你每夜忠实地亮着,无人关注问讯,要是那一天忽然熄了,就会有人指手画脚。剩下的选项该他自己了。是的,这么多年来,他常常用一种特殊的方式激励自己。每学期结束他给自己写评语,下鉴定,当然不是写在档案里,是在日记中。每取得一点成绩,他就奖励自己,奖自己一个奖品,或者奖自己看一场电影,或者炒几样菜,沽酒自饮自庆等等。他的格言是:向镜中的我问好。这种问候同样滋润人。

　　人置身阳光下能闪烁生命的光泽,像种子独处在土壤的黑暗里,也应该能用人性的光芒照亮自己。前者是借太阳的恩赐,后者是靠自身的力量。天真美妙的童言说:晒暖的被窝里躲着太阳。其实那太阳正是我们自己。

数学符号的生活化理解

　　数学世界是阿拉伯数字加符号加图形的世界。最基本的符号有"＝"（等号）和"≠"（不等号），在这两者之间还有"≈"（约等于号）等等。上学时数学学得不怎么样，对"约等于"这个数学符号特别有好感。总觉得它不像等号和不等号，一是一，二是二，像板着面孔丝毫都不能动容的祖父。它那弯弯的弧线，更像笑眯眯的祖母，只要在一定的范围以内，不必非要苛刻到毫厘不爽、锱铢必计，凡事可以商量，可以宽松一些，甚至于可以模糊一点，因而给人柔和的美。那时候，考试要是碰到用约等于的数学题，心里就会放松许多，计算也不那么紧张。其实用"约等于"的数学题也是有统一答案的，由于只求大同，可以存小异，因此就给人留有余地的心理暗示，对粗心大意的男孩子无疑是宽容的。一向十分严谨的数学领域里，因为有了这些宽松数学的思想，也就融入了人文化的色彩。

　　诚然，数学作为一门基础科学，准确是生命线，比如人造飞船的一些数据计算数万次，要的是万分精确，差之毫厘，失之千里。

但是准确是相对的,在一些不需要十分精确的场合,"约等于"也是一种准确的表达。把"约等于"的数学思想引用到生活中来思考和理解,似乎更加适用于生活,从中可以增加不少人生智慧。

一位学生谈对象,举棋不定,来听听我的意见。从他的话音里,我听得出他与她性格、志趣上大致是投缘的,仅是枝节上有些参差。我说你只要感觉到你俩之间是"约等于"就行。求得完全相等是天真的,世界上没有完全相同的两片叶子,何况人呢?这位学生结婚多年了,婚姻是幸福的。由此再联想到我与妻不也是"约等于"吗?我俩也许只是保留整数的相等,虽然两人性情都比较平和,但是当初那些小数点后不相等的"小数"也时常出现过抵牾,但只要是"近似值",相差就不会远到哪里去,渐渐的,那些"小数"被彼此间的宽容、理解以及多年的磨合淡化了。逆向思考,有时候人得需要些不同来互补,才能达到更高境界的和谐。人们常称道好夫妻是琴瑟和谐,琴与瑟本是两种不同的乐器,琴有琴声,瑟有瑟音,但从古义上看,它们同属弦乐器,所以在"和六律"上就会达到高度的和谐和默契,因而能合奏出美妙无比的乐章。要是用清一式的琴或瑟来演奏,反而失去丰富、和美与多彩。

人对客观世界认识和评价,总是以自己的主观意志为主导,多一些"约等于"式的观照,诸人诸事诸物与我的价值元共同"语言"就多,对客观世界认同面也就宽,认同程度就深。从大处着眼,世界就显得谐和美满,个体心境也因与生存环境和谐统一,而生成美好的融入和归宿感。因此说为人处世需要些"约等于式"的聪明加糊涂。"水至清则无鱼,人至察则无徒",朋友间、同事间、同学间主要部分相容就行,大可不必也不可能个个都能画上等号。数学上有恒等式,比如 $X+Y \equiv Y+X$,要求苛刻,排除了一切可能的差异

三塔谣

性,所以面很窄,有孤独的单一感。"文革"期间,人与人之间貌似相等,言行、服饰都"天下大同",像剪草坪一样求得高度一致。总是一个声音就无可听之处,老是一样东西就无可看之处,只是一种口味就无可品之处。这样的世界势必枯燥无味,还有什么丰富多彩、生动鲜活、幸福美好可言?

东方文化和哲学思想崇尚"和",和实生物、和兴万事,即和谐、融合才能产生、发展万物,成就诸事。"和"不等于等同。以我浅显的理解,"和"是在更高更宽泛的层面上求得"约等于"。西周末年的太史官史伯说:"夫和实生物,同则不继。以他平他谓之和,故能丰长而物归之;若以同裨同,尽乃弃矣(《国语·郑语》)。"这也就是说,"和"不是去异取同,相反它尊重世界的复杂和多彩,人的多元和差异,事物的矛盾对立,以此为前提,从大处找出彼此一致认同的结合点,这个共同点就像一根绳索,把长的短的、直的弯的、粗的细的都能捆到一起来,取得和谐。比如和平发展是我们这个时代这个星球上的主旋律,只要认同尊重它,各种不同的意识形态都可以共存,是为"和"。

用"约等于"的思维方式来观察世界,体验生活,不同于解数学题。数学题用"约等于",往往有限定,例如精确到小数点后第几位。对世界的认识,对生活的体悟,完全是个人的情智行为,它没有限位。人心胸有多宽,宽容度就会有多宽;人的生存智慧有多大,存异的空间就会有多大。

让我成为你的记忆

　　有件往事至今想起来还觉得特别温暖。八年前我因工作需要,过完五一劳动节,调到新单位工作。大约是上班后的第三天,原单位的一位老同事遇到急事,情急之中脱口问:"明飞呢? 明飞到哪里去了? 喊他一起来商议商议。"那天我不仅不在,而且已不是那个单位的人了,这是事后另一位老同事告诉我的。这件很小的往事,却如春阳入怀,久久温暖着我。

　　这么多年来,我对同事总怀有家人般的亲近感,除了情感的因素外,这些同事间像竹篱笆相互帮衬扶持的美好,不断强化巩固着我的感受。

　　上小学时看到辽阔无垠的蓝色天幕上,喷气式长机和僚机并肩划出长而优美的白色弧线,久久仰望,朦胧间我突发奇想,天空中那两道拖着长长尾巴的白线,仿佛就是敬爱的曾祖母提携着我,并行在秋阳擦亮的生命长空,划过又一个美好的季节,一路同行,走进人生。属于曾祖母的那道生命线已不再延长了,永远定格在那个金蝉噪出苦热的夏日。但我并不孤单,成年后的美好,与我在生命坐标上并行延伸的"线段",更加丰富而多元。与我一路并行的有不少同事,从生命意义上看,我珍惜这一路并行的美好。你想,同事间几乎没有任何血缘关系,每天我们从这个城市的各个地方,准时地聚集到这一园赭色的建筑群里,风寒同寒,日暖共暖,天天目力可接,吐纳互闻,情绪相染。一天人精力最旺盛的时间,一生最值钱的岁月,就这么同着,金贵的时光都"耗"在一块儿了。一个真正有人气和人缘的单位,总极力营造家园化的色调,这种暖色调的的确确入脑入心。事实上我们也像熟悉自己的家一样,熟悉单位里的那些环境和人事。比如我与我的同事们熟透了我们每天进进出出的那一栋栋楼房,外墙赭色仿石砖形成块面,饰以淡灰色的线条,形如姐妹一般。熟悉四月里那株六百岁的老楸树一树繁花,熟悉那座日照时常涂亮背景的八角古塔,熟悉隔壁天宁寺里不时传来的空灵的木鱼响和音韵悠长的诵经声。有句形容朋友间亲近的俗话,很容易让人产生共感:只隔灶头,不隔日头。同事在一个门里出入,常同吃一锅里(食堂)的饭菜,连灶头都不隔。

毋庸讳言,我们需要职业,有职业才可以用精力交换收益,再去交换到我赖以生存的物质,这未免渺小,却很现实。当然这不是职业的全部。人有时候就像只车胎,需要到职业场中充气才得充实,不能充气的车胎价值几文?对我这类人来说,只有在职业场上打拼,生命才可能会呈现出五彩。粗看我们这个职业,各自像个独吟的"诗人",细想仍然是鲁迅先生所说的"杭育杭育派",我们大部分的劳作仍像众蚂蚁一样依赖群体,共同举起同一"重物"。也许心情不好时,我们曾有过消极的念头,甚至有过对立的情绪,但不管你怎么想,都无法摆脱同事这个比铁还铁的事实,像活着回避不了光亮一样,我们无法回避来自同一组织、传统及环境文化等潜在的濡染。这些赭色建筑群里的荣辱兴衰都与我们有着千丝万缕的瓜葛，小气候的寒暄变化都会波及每个人。同事这一名称赋予了我们共同做事的内涵。事实上我们内心深处都理性地认同这样一条定理：一个叫林子的地方，就不可能只见某一棵树木。

人是有很强归宿感的，我很在乎人与环境的协调和谐，有时候会像傻瓜相机随光线强弱自动调焦距一样，自觉调整自我，求得和谐统一。同事一个笑脸抑或一个好脸色，一声亲切的问候等等，一切人与人之间源自内心的亲热，都会让我感到人际环境和谐的美好，这种感觉有时会舒坦我的每根神经。生命的旅程是主观与客观相互作用的过程，人对人生、世界以及价值的判断和理解，需要以他人作为参照系和观照对象。同事是你思维的"触角"最轻易触及到的人的世界，这个世界所发生的一切，也发生于我们内心。每个个体生命都有着各自存在的合理性，人的外表相貌已难以移改，但同事间意识形态的东西，时常在取长补短中互相影响，小到生活细节的从众心理，大到思想碰撞后火花的趋同。一位师长辈同事"人永远是半成品"的哲语，一直影响着我的后半生。

要是没有什么特殊情况，我将会在闹市区这一园赭色调里走到职业生命的终点，我想我的大多数同事也会如此。无情的时光会把所有的现在和未来变为过去，当我们告老还家时，同事的经历也就归为陈年往事。但只要我们愿意，用一杯茶或一支烟的工夫，刷新一个绰号或某些细节，在记忆的显示屏上，他们的形象会依然鲜活生动，连同他们的活动背景都会清晰如初。同事同着人生风景，也互为风景，在有着无限可能性的时空中，一起走过人生的黄金岁月，互相见证着生命的过程，这是一段缘分。让我成为你的记忆，同样，也愿你成为我的记忆。

人 生 拾 穗

人 是 月 亮

一位同学做东,席中气氛相当活跃。座上多半是"款",包装仪容自不待言,单说那精气神,那如同相声小品演员一般的口才,确实叫人刮目。敬酒的,花样翻新;劝酒的,巧舌如簧。还适时地"演义"一则"荤素"兼搭的趣话或某名人、领导小节上的笑谈,把整个酒宴的气氛调控得相当适度。

与此形成落差的是一位个头不高的客人。毛刷子头已显出早生华发的苍凉,身着一件毫无生气灰不溜秋的夹克衫,不扎领带,随意地敞着领口。他面对桌前的一杯清茶,文文雅雅地静坐着,很温和,很耐烦。别人敬酒,他举起茶杯,微微一笑,露出缺了一只角的门牙,腼腆得有点大姑娘气。

谁料他却是本市著名的画家。我很欣赏他的画。在热闹之余,我渐渐为他生出"虎落平阳"的不平感来。是的,在酒桌上他确实显得有点"捉襟见肘"。但是如果换个场合,要是在画桌前,他会是怎样的泼墨自如,风流洒脱,会产生多少个奇思妙想和神来之笔。

我不由想起了一句哲言：人不是太阳，通体红亮。人是月亮，不必自傲，这半边亮着，那半边肯定暗着；也不要自卑，这半边暗着，那半边一定亮着。

云彩因蓝天才美丽

蓝天是云彩的背景，但决不是陪衬，是蓝天成全了云彩的美丽。试想要是云朵飘在地面上，充其量只能为幔为纱，哪来那么多飞扬的神采和瑰丽的霓裳。由此联想到一位名校长朴素的话语：离开了名校这片土地，我什么都不是。

当我们在人生坐标上有一点光泽的时候，你想一想，自己也许只不过是一片云彩而已。

"度"的法则

凡事总得有个度。大海有度，威而不怒；苍天有度，风雨适时；做人有度，行所当行，止所当止。

度既是一种哲学理念，也是一种经营生命的艺术。从哲学角度看，是事物保持自己质的数量界限。从人生角度看，是立身处世把握分寸的一种技巧和智慧。把握住"度"，人就会多一点"任凭江水三千，我只取一瓢饮"的旷达，会增一分"富而能俭，贵而能卑"的睿智，会显出严不透风、宽可跑马的气度。

世态万象，"度"也千变。"度"只可心领意会，不可动斗用秤。它如水流，并无定状，却能因势就形，恰到好处。明者知"度"，智者遵"度"，但"度"不是某个人的臆见，它在茫茫人海中，在邈邈自然里，在芸芸事理内。私视私虑的人，往往会迷了"度"。"度"又如同太湖石，上品虚实相生。在实质性之外，不懂人生还需要一些灵透的人，常常会失"度"。

包 容 白 发

满头青丝，不经意间鬓角忽然出现了白发。初始常对着镜自查，唯恐出现新的"增长点"，也乐意接受妻子用"间苗法"间去碍眼者，更爱在同龄人头上的白发中寻求一点安慰。经历的时间长了，白发队伍也一天天壮大，心里反倒平静了，不再热衷于妻的"间苗法"，也不再对镜自审。只要是"庄稼"，爱怎么长就怎么长吧。

靳羽西说："皱纹是你笑过的地方。"按此推理，白发该是生命之树开出的花。它是人生秋熟的一种标志，是一则沉稳老练的活广告。人在壮年，黑发中点上些许"微霜"，也许更具天然的魅力和风韵。

包容白发，就是尊重自然规律，就是顺天道、顺事理，面对人生变故，就会少一些不必要的烦恼，增加几份练达，就懂得以不变之心，应万变之境。

"苇草"的美丽

真正美丽我们一身的不是容貌,也不是物质带来的光环,而是我们的思想。法国哲学家帕斯卡儿有句名言:人是"一根能思想的苇草"。这根苇草也许脆弱,但因能思想而坚韧无比。人从兽类中脱颖而出,鹤立于芸芸众生物之上,成为"人",靠直立的双腿,靠能互传信息的嘴巴,更靠日益聪明智慧的大脑。据说将罗丹不朽的雕塑"思想者"旋转 90 度,使其背部着地,他便成了一个蜷着双腿躺在地上犯傻的白痴。只有进入思考状态和境界的"思想者",才会让人肃然起敬。人类的"全部尊严就在于思想"(帕斯卡儿语)。

上苍赋予我们无比美妙的身体,五指的灵活和协调鬼斧神工难及,但是头颅骨之内黏稠度与半熟鸡蛋相似的大脑更为神奇。那些数以亿计的丁点细的脑细胞,便是思想的产床。只要给它一些血液和氧气,就会产生无尽的思想。人类社会的进步,越来越清晰地显现出:农耕时代,我们崇拜过强健的四肢和丰满的肌肉;手工业时代我们钦羡过灵巧的双手,曾盛情讴歌过"茧花";进入知识经济时代,我们崇敬大脑,该为大脑唱一支赞美的歌。在这个时代

三塔谣

大脑是一切力量的源泉。人其他任何器官的开发都有极限，比如肺活量，唯有对大脑的开发远无尽头。生命科学界预言，对这个人体"黑匣子"的彻底破译之时，就是诠释生命秘密之日。造物主让大脑高高在上，远离躯体的其他部位，就这排列而言，是对我们的一个警示。

人真正的生命是思想，"我思故我在"。是思想使我们活得精彩，使我们的生命变得厚重，使人类得到永恒。要是没有思想和精神光芒的照耀，人对物质的享有无异于一群秃鹫和鬣狗对一具腐尸的撕扯。一个民族物质的原野上可以没有良田千顷、宝藏亿担，但在精神的领空里决不能没有思想的光辉。中华五千年文明史因何灿烂？思想的珠光宝气是重要的"灿烂源"。那些被我们在姓氏后用"子"作后缀的大家们，用思想塑造了华夏民族的性格与气质。孔子和孟子的思想如同长江、黄河水一样渗透了黄土地，染进了我们的肤色里；老子和庄子的思想乘逍遥的鲲鹏，从几千年前扶摇直上，一直翱翔在我们精神的长空……他们就是思想的秦皇汉武、成吉思汗。

我们崇拜、感念朴素而管用的伟大思想。今天，假如要百姓们来说说他们推崇的思想，我想大家会首推"实事求是"、"解放思想"和"改革开放"等醒世至理。是这些思想彻底改变了我们这个黄皮肤、黑眼睛大家庭的命运。当乘车奔驰在四通八达的高速公路上，我感激它；当城市的夜景从高楼一直亮化到我的心头时，我感念它；在西欧名胜地，当看到中文与其他文字的导游说明书平起平坐摆放在入口处时，我感戴它。这是我们这个民族思想之树结出的改天换地之果。

思想使人类走向高贵。善的人性要远远高于、美于一切自然天性，因为天性已经思想的打磨和剖理，由璞成玉。我们赞美一只蚂蚱求生本能使然的坚强、一切动物母性的善美,这缘自我们天真原始的情感。然而理性之光下的人性,更加丰满生动、成熟完美。人的爱心行动由于蕴含着深厚的思想情感,人与病魔抗争由于展现出生命不屈的力量等等,因而时常会演绎出感天动地的大善和大美。

人的思想就是人的处境,是思想引领我们走向心灵丰满和精神充实。动物世界里从来就没有昨天和明天,永远是单调的现在进行时。人因有了思维,可以轻易地跨越时空,心骛八极,神游古今。用大脑通过视、听、触觉,与丰富多彩的外界进行互动,接受信息,去思考感悟,收获我们精神的“稻粱”。我们所崇尚的人的所有美好的方面,如人性人格等等都离不开思想的塑造。思想使我们内心鲜活,情趣盎然。能潜心世事,又能超然物外;能察秋毫之末,又能容万物于怀;惜生命秒阴,又知日月不老;感慨地球很小,又懂得心域极宽。因练达而摆脱琐屑无聊,因鲜活而远离单调平庸。一个用思想充实的心灵是无比高洁的。梭罗独居在瓦尔登湖边的小木屋中(用 28.125 美元自建而成),体验简朴生活的纯美和回归本心、亲近自然的诗意,潜心沉思,写下了不朽的《瓦尔登湖》。这部与《圣经》等被誉为“塑造读者 25 本书”之一的经典著作,不仅塑造了美国文化,而且影响了全世界。

古人说:“心之官则思。”思是我们的特长,是上苍赐给我们的利剑。大脑是一块奇妙的土壤,拥有它就能获得两件法宝——学习与思考。这两件法宝时常碰撞定会迸发思想的火花。物质文明的结果告诫我们:从物质中获得的快乐和幸福不是在递增,而是在递减,由此美国心理学者提出了“幸福递减律”。生命需要我们用思想打磨出光泽,增加它的厚重;世界需要我们用智慧来美化,展现它的繁盛;人生需要永远沐浴在丰富、深邃、明亮的思想光辉里。

生命的日记

再常见的树木,生长一秋,也会留下一圈年轮。一个平常而普通的生命劳碌了一年,留下了什么痕迹?也许过去的日子太平淡,可生命就是由所感知到的一个个平常的日子构成的。静止观看,日子好像是克隆出来的,而动态分析,"坐地日行八万里",生命在日子里消长。再美好的时光都会成为昨夜星辰,留在记忆中的未免粗枝大叶,时过境迁,难有原汁原味的回忆,于是我钟情于日记。

把握生命,应当认识世界,也应当认识自我。点击心灵,自我对话需要有通向自己的桥梁。曾让古人放浪形骸之外的山水,如今旅游热正升温,采菊东篱的田园也变得商业气了。日记是自造的绿地和蓝天,可以随意地放牧思想,自由地放飞心灵。用一张智慧的犁铧,在人的心田耕出一地幸福,让人在物质文明中失落的天性,回归到自构的精神家园。

最初写日记,是作为学英雄、见行动的方式,如今喜欢对生命进行观照,对人生进行思考。"江畔何人初见月,江月何年初见人?"人生、宇宙是多么奥秘而充满艺术性!更深人静,一天星斗,面对浓缩着我大半辈子人生的日记本，静静感悟，常会有人与时光共同走进一种境界的哲思和神游八极、纵揽古今的遐想。在这片星光下，我与日月同在，与时光俱进。

新旧世纪交替，媒体上大炒"阳光"，甚至用地图标出旧千年最后一缕夕照在哪里消逝，新千年第一抹曙光在哪里初照。这不是"老记们"玩花样或发烧，我深解其中味。那是个周六下午，20世纪最后的斜阳，伴着毫无寒意的冬风，将日脚探进我家的房门里，映照出一块三角状的光斑，成熟的金色中透出圣哲般的大静。我仔细端详着这饱览千年风云和沧桑的亮光。她似乎也留恋我，将顶角渐渐移到我书桌的脚下，与我作最后的告别。与旧千年最后的阳光做伴，我把这真切的感受写进日记，成为珍贵的一页。

日记是文字化的过去，读日记便可穿过返程通道，让心灵作美好的回游。当感到孤寂或疲惫时，我喜欢打开旧日记本，回游并栖息在那个枇杷摇铃、枣花落襟的农家小院，闻一闻草灶上曾祖母为一家四代烧出的大锅饭的饭香，听一听隔着旧式窗栅祖父的咳嗽。我常想夹着日记上路的人生是丰富的，因为你收藏着人生的酸甜苦辣，生活的风霜雨雪。

人是多棱体，就其有光泽的棱面而言，也足以叫人以己为师。十年前，为那芝麻绿豆大的"劳什子"名利，愤愤不平，把一番痛苦的思想较量写进日记，其中有这么一段："生命价值有多种多样的实现方式，不单是维持肌体新陈代谢的物质追求，也不单是满足荣耀感的名誉博取，最有价值的是读书、做人、充实、提高，不虚此生。名利只不过是实现生命价值的边角料而已。"之后，碰到名利不能如意伸展时，翻阅这段日记，常有新的感悟，人也显得豁达开通了。

生命是火，日记是火上的烟，只有把生命的炉火烧得通红，才会青烟袅袅。

真情浇灌的园地

　　开春了，一个新的季节正用生动的画面为我们布置人间美景，在这万物争荣的时分，《通中人》又以全新的面貌与大家见面了。它以现代网络传媒为载体，拓展出以红楼古楸、光孝塔影为背景的又有时代新意的通中人精神园地，激情演绎着新版的"通中现象"，成为百年老校又一件意义深远的盛事。

　　这块园地与共和国同庚。追根溯源，我们仿佛能看到1949届校友顾淞先生当年开垦的身影。迎着共和国初升的太阳，顾先生怀着通中人的满腔豪情，用对新时代的无限憧憬，对母校、老师和同学的感怀之心，浇灌出最初一片园地。于是，一张油墨飘香、带着体温的《通中人》小报诞生了。

　　这块园地星火传承、生生不息。那张16开的小报，在严酷的政治气候里蛰伏多年，终于又在改革开放的春风里重绽生机。百年校庆，各届校友以多种形式共襄盛事。1958届校友们欣然接过学长的接力棒，承其主旨，创新形式，把小报更新为杂志。一班古稀之年的校友，为了一个共同的感情符号和情感归宿，居然办出一期期专业水准的杂志。人间真情,可敬可佩!

继承便是更生,这就是通中人的秉性。如今,老三届校友们又在前辈的基础上,开拓性地创办出"通中人"网站,意在保鲜通中人共同的历史记忆,反映通中人当下的生存状态和鲜活的内心世界,共同抒写对人生和未来美好的情怀。以更大容量、更为便捷、更易传播、更让人喜闻乐见的时代特色,拓展出这片园地丰赡的气象。

老三届是一个特殊群体,风云际会的岁月用磨难和别样的人生阅历,塑造出这群人可贵的胸怀和善于担当的秉性。如果说"通中人"网站启动是一个新的里程碑,那么支撑这碑基的正是老三届校友们这种人生境界和火热情怀。为办网站,编委们自觉自愿担当义务,放弃休息和家事,通宵苦作,甚至摔成骨折,忍疼熬痛终无悔。《诗经》有言:"知我者谓我心忧,不知我者谓我何求。"一群返璞归真的退休之人复何求呢?他们只想让善美的心灵之花结出纯粹的人性之果。可以说,"通中人"网站没有任何附庸的色彩,是超然物外的纯精神世界。

这块园地是全体通中人共同的家园。通中人,是一个跨越时空的集合概念,它"集结号"的感召力完全由母校情结、老师恩德和同窗情谊组成。由于打破了时间和空间的界限,也就打破许多程式化的东西,这称呼只有届别长幼,没有高下尊卑。因为跨越,就显现出辽阔、共有、包罗的特性。从园林学意义上来说,每个孤立的单体都没有意义,只有有灵魂的组合,才有风景。因此,"通中人"网站就是要在更大范围、更高层面上,强化这种有灵魂的组合,强化我们共同的心灵印记。共同的园地,需要大家共同来关注和参与,以各具个性的理解和表达,丰富这块园地,一同来见新通中人这个暖人的标志。

说到底,通中人是个素朴的称呼,如果要对"素朴"作个定位,我想,大致等同于"父老乡亲",是一个由根脉和情缘而生发出认同感和归宿感的情感符号。这么一想,就不难理解历届校友们对母校和恩师那永不褪色、永不降温的情怀了。答案只需用一句话:因为我们是通中人。

走过托斯道夫

首次踏上欧洲大陆,落脚的便是这座德国的小城。时间已近午夜,我们仍饶有兴致地用沾着家乡泥土的双脚,在花岗石路面上重重地踩踏出踢踢踏踏的足音。灯塔状的古老街灯,橘黄的灯光,随意变幻夸张着我们的身影。格调幽雅的酒吧,当垆的已不再是面目姣好的吴姬,而是彪形的大络腮胡子。先前我们仅知道托斯道夫是南通的友好城市,这些朦胧的媒体概念在今天这片夜色里猛然生筋长骨,有着可触摸的质感。在旅店和中餐馆吧台的醒目处陈列着一沓沓彩印品,以为是旅店、餐馆的广告介绍,凑近一看,惊喜亲切得百感交集,原来是几位南通籍画家画展和蓝印花布的宣传册子。淋浴完,关上室灯,透过窗户仰望夜空,繁星如故。其实世界很小,走得再远,都走不出这星空。

从区位意义上看,托斯道夫是原西德首府波恩和重镇科隆的"后花园",每天生活的流水在这里率真而平缓地流过。石头建筑不多见,商店民舍外墙大多用文化石饰面。虽无典型欧式建筑的尖拱券、小尖塔或浮雕,但仍显出古老的厚重和沧桑感。我揣测着

三塔谣

这是生活化了的建筑。街道上用清一色的很方正的石条石块铺面，在阳光下反射着岁月磨出的光泽。要是在哪条路口，随着节奏明朗的马蹄声，闪现出甲胄武装的"堂·吉诃德"来，也不会叫人觉得太突兀。住宅的阳台不论朝向，都摆放着怒放的鲜花，主人并不刻意侍弄它，花枝张狂，长得自然而野气。院前本色的木板栅栏高不过膝，给绿草的坪院平添了几条立体的几何线条。

街道旁的绿树青篱没有按人的好恶刻意修剪的痕迹。老市政厅是座古城堡式的建筑，一侧保留着原生态的树林，阒无人迹。一口不规则的池塘，水冷峻而老成，泥岸斗折蛇曲。塘边合抱的古木浑朴苍劲，冠盖遮天蔽日，林间幽暗湿润。很难想象天然的浓阴之外就是人造的市井。

参观托斯道夫综合学校那天，正巧是校长哈斯先生最后一个工作日。他带着一位助手在校门前迎接我们，站在门前的台阶上他作了简短的讲话算是致辞欢迎，接着就带我们参观校园。所见到的硬件设施他不作任何介绍，而对校门顶上一幅很一般的壁画大作宣扬。原来他抓住了两个爱在墙壁上乱涂乱画的学生，给二人布置了一道作业，要他俩在学校最公众的地方画幅画来展示才华，二位学生很认真地完成了校长的作业。也难怪他得意了，这样的教育确实可圈可点。最后哈斯校长神秘地邀我们到他办公室看样东西。原来是一根加工精细的木棒，他说这是他八年前到中国，在西安买回的旅游纪念品。说完布满皱纹的脸上笑意如绽放的墨菊。

下午在欢送他的仪式上，我们再一次看到了这样的笑容。学生们用自制的图文并茂的多媒体文件投影在屏幕上，介绍校长的生平。以生活中的第一次为线索：如第一次犯错误、开车、谈恋爱等——勾勒出一个真实可爱的哈斯。在学生的笑声里，哈斯校长挂着一把雨伞登台讲话。他说："我带了伞，一是怕下雨，二是当拐杖，我老了。"轻松幽默的话语逗乐了一大片。最后他告诉学生们，新校长已经到了。他就要离开学校，而且不再来了，他累了，需要好好休息。

离开学校时，哈斯校长不知在何处忙。我们只有向竖立在校门前哈斯校长的纸版漫画像致意，祝愿这位为教育辛劳一生的老人晚年幸福康宁。

临行前，我们还想看看街景。晨气芬芳，天空碧蓝碧蓝。街头行人不多，显得空旷清静。出旅店向右，不远处有个市民广场，面积不大，但天趣盎然。临街的一侧，卧着一尾长长的水泥塑筑的鳌鱼，圆鼓鼓的黑眼睛，背部黄沙下脚，肆意裸露，再用红砖镶嵌出条纹，倒也粗得妥帖。一块高过人头的顽石，中间一洞穿透，两侧镌刻着稚拙的儿童画。广场中间有一尊铜塑像，一个肥肥壮壮的男人，像是二战退役的老兵，一丝不挂，下巴和啤酒肚上褶皱重重。他面慈目善，抬头望天，尽情享受着来自高天的暖阳和甘霖。他不是什么英雄名流，而是一个回归自然的人，一个地道的托斯道夫的普通市民。

太阳升上来了，广场上流淌着阳光的热情。我猜想那个裸体的胖男人此时身上一定暖烘烘的。

年 来 年 往

　　岁月是部大书,有谁不乐意翻到过年这一章节呢?"寒暄一夜隔,客鬓两年催"。不要说年带着神圣和崇尚富足的光晕,单单这改岁更时的节令就够人思量了。也许是各年龄段想法不同,现在越发把这"过"字想得厚实了。有时连自己也弄不明白,这过年的章节读着读着怎么没有从前那么爽心了呢? 大概经历的事多了,感触也就芜杂了。不管怎样,我还是愿意把心化作一枚书签,静静地夹在过年的章节里,细细品味其中一字一句的含蕴,让那一行行关于过年的叙述描写也好,抒情议论也好,好好温暖一下我这张被光阴剥蚀得变穰的书签。"寒意一夜去,春色满园来"。该去的总归要去,该来的必然会来。年就是用这样的方式呼喊着岁月里的心灵。

　　我想,有人呼喊你,终归不是坏事。比如越王勾践,为雪国耻,卧薪尝胆,还派专人时常呼喊他,警醒他,三千越甲,终成大业。进入腊月我就听到了年的呼喊。这喊声好像来自遥远得无法形容的时空那头,又好像出自我体内生物钟的那只钟摆,那么贴近。平日,见惯了机械和电子钟表秒针的颤动或数字的跳换,我只把它当成老婆婆好心的唠叨,语重心长而又习以为常。当被秒针、分针和时针标示过了的三百六十几个日升月落,就要一齐被整体打包永远删除到历史的回收站时,我一下子变得那样敏感了。我该用心灵回应一下岁月驶到又一个驿站的呼喊,哪怕是发自内心的震颤一下也好。年来了,我要像鸟儿归翅敏于暮色那样,让这呼喊声挂着腊八粥黏稠的米浆豆汁,穿过送灶香火缭绕的烟雾,再混合上家家户户一天浓似一天的大糕和馒头的香甜,把我喊进大红的正月正。

年的呼喊是那样的深情和人性,岁月重开,它不发号司令,而是喊人归航来。回归到原地,让开春的风为心灵解缆卸甲,唤起我们对生命的敬重而好好地抚慰自己。于是,我们的心像地下的草根花籽敏感于春风的呼呼声一样,很默契地被撩动了。无论千里万里都想回到那块心灵的原地,回归到父母亲永远温暖着的目光里。也许你向往的家随着岁月的变迁只在梦里,但家园这个词是生命永远的底色。哪怕只剩下概念化的地块,哪怕还土得黑灯瞎火,我们还是想在她怀里一浴透亮的新年阳光。家是人记忆的源头。在那里,感应着大年的金贵的阳光,我们烙印过对一顶新帽子、一双新鞋子、一件新棉衣终老的记忆,留存下对节俭的邻家大妈一把瓜子糖果塞进新衣口袋的感激,固然,还有睡梦里让年喊出的枕边、被角头清溜溜口水的甜蜜……总之,我们每一个细胞都可能储存着家在新春勾画下无比温馨的眷恋和记忆。

感谢老父老母,他们还坚持用传统元素把新年张罗得那么有味。年的一章一节他们早就了熟于心。记得那是几年前的一个除夕,他们拆迁后刚搬进新居。走进室内,我猛然看到客厅墙边的茶几上端正地倚放着曾祖母和祖父母的相片（俗称供陈子），心头一热。父母亲坚持把过去乡间民宅的过年习俗带进了城市的住宅楼，在大地回春时，他们要让离去的亲人同我们一起过大年。凝视三位长辈慈善的面容，不由想起了他们用生活的心肠为我们焐暖的那些中国年，心中不知是酸还是甜。至今，父母亲还固守着这些家制的过年的范式。除夕要敬祖。大年初一清早一家人团聚在一起吃一碗寓意深长的汤圆。新年的晨光锃光瓦亮的，纠缠着人的是祈福的大香味，还有那迎春的鞭炮响。踏进门里，厨房的桌上会摆着一大茶罐酽酽的红糖茶，不声不响地喝一口，这口茶能甜透一年的日子。团圆的餐桌上，父母亲还会盛上几碗带着好口彩的荠菜烧豆腐。他们就是用这些有滋有味的细节，让我们真切地感受到新年这么清新和煦，坚信日子又重新起步。

去年年残，《江海晚报》上用一个版面登载着江海小记者们书写的春联。鲜艳的中国红，浓黑的方块字，边边角角还隐隐泛出富丽的金黄。一看，年味像馥郁的花香扑面而来。我有意把这张报纸放在手边上，让它伴着我走进了兔年。家家户户，春联辉映，布出一个情感的"场"。百姓之家，公开表露心愿的机会不多，春联是最堂而皇之的表达，它是除夕千门万户开出的心灵之花。从父辈们写出的"春种满田皆碧玉，秋收遍地是黄金"，到我写出的"东风骏马阳关道，春水朝晖小康家"，还有一代代人夸父追日般追寻的"福"字等等，这是人在岁月播下的心愿和心声，最终又会在岁月里生根结果。于是，我们心中的春天就这样被呼唤来了，它用园前屋后笑逐颜开的梨花、桃花、杏花，呼应着门上鲜红的春联，为我们揭开了岁月全新的一页。

墓地二题

碑　石

　　我不知道你的前世,也不知道你的祖籍,这已不重要,重要的是你成为了我家祖辈的墓碑。不,准确说是把你倾斜了30来度,既作墓的盖板,又作为墓碑。不是委屈你,因为祖辈们都是些平头百姓,实在没有什么资格、身份和必要正儿八经地树碑立传,只图有点念想和记忆就够了。即便如此,我还是要由衷地感激你和造墓的匠人,他们把我老祖们的姓名刻在你坚硬的肌体上,如同铭记在我们心头一样不易磨灭。望着那深深的刻痕,我相信由你来记忆的这些名姓,比存在我们心头还要耐久。

　　从此,你就走进我们这个家庭的圈子,每年清明,我们会来与你会面,目光深情地把你聚焦,把上面的名姓一一扫描出温暖的记忆,让人性里那朵最善美纯情的花儿开在和暖的春晖下,让我们的灵魂因爱与感恩的辉映而净化。从此,你在我们心目中就有了意义和分量,从某种意义讲,你连同那些熟透的名姓就成了我老祖们的化身。你以黑色的肃穆或褐色的宁静,构成了清明节的色调,透

三塔谣

着一股让我们肃然起敬的光泽。你出山时，也许面临诸多的归宿，比如做高屋广厦的基础，或做豪华建筑的装饰，等等，可你却来为世上一个最普通的亡灵遮风挡雨。这是命运的安排，在我看来，也是缘分所至。以后，在我生命里的每个清明，我会如期地走到你的跟前。我走了大半辈子，踏在清明路上的脚印，才真正算得上是心灵的足迹。

我们拭去你面上长年累月的积尘，然后用红漆把老祖们的名姓一笔笔描新，认真而专注。尽管墓地有这项服务，但我们还是愿意自己动手。一年就这么一次能为老祖们服务一回，我们想描出一笔笔新鲜的漆痕，也留下我们的心意。纷飞的纸屑灰落在身上和头发上，蹲酸了双腿，都成了这个日子必须经历的过程。春阳抚摸着我的背，我的手腕枕着你，好像形成一条"链"：太阳把热量传给我，我又把体温传给你，请你再传递给我的老祖们，让他们在地下不再寒冷，因为春天实实在在地来了。光照下，你反射着麦粒和稻谷般温暖的亮光，这莫非是老祖们关爱的目光？因为只有大爱才有如此柔透人心的光焰。我想，我们怀念他们，他们在天有灵，也一定在想念着我们。

如果有一天，我也走了，拜托你仍旧保护好我的老祖们。尽管里面只有一抔骨灰或者一坛骨殖，这可是他们在这个世界上唯有的遗存了。你能保护多久，就尽力替我保护多久呀。我的老祖们在世生活在一个风风雨雨的年代，一生所经历的风雨和坎坷太多，哪像我们现在有这么晴和安好的阳光。他们一生幸福的源泉总在远方，可他们还是拼命地刨掘、追寻，为的是竭力缩短这段距离，好让后辈能抵达那个地方。以前，他们安葬在乡野里，城市化，才落户公墓的。这墓如同拆迁安置房一样比商品房要低个档次，砌出倾斜的边框围起来,像地垄从东连到西。还好,有你遮盖着,显得坚固稳实些。我想,这种不刻意正是老祖们所希望的,也是伴随了他们一生的"平常"。同老去的众乡邻连成排,就像他们生前住的农舍,东埭挨着西埭,要是他们喊一声,东西邻舍都能听到。

墓地的风

风吹来,它吹不动这里的沉重,也吹不散这里的寂静。因此,它只是刷刷碑石上的浮尘,给扫墓人一些空气流动的感觉,让列队的龙柏在这个特别日子里,集体向这里的"居民"们点头致意,然后就很识趣地游走了。风是捉摸不定的,因而就有了让人寄托念想的空间。要是一阵风把焚化着的纸钱卷成旋涡,母亲会自言自语地嘀咕起来,在她看来这是祖宗亡灵感应的征兆。谁也不会轻易否定老辈人的这份心愿,但愿这风真是阴阳相通的媒介。

风吹来,它吹不走这里弥漫的哀思,也吹不走这里凝固了的岁月。同样,它也不会把外界的东西刮来。它懂,这是块无比淡定的地方,光溜得像卵石,就是把再热门的东西吹来了,也无处立足生根。当然,它还是照样呼呼吹,吹来一些花草的籽,让它们在清明里撑起一款款五彩的小伞,同人们一起寄托人间情思;吹来生生不息的新鲜气息,告慰长眠地下的亡灵;吹去浮华,吹出人的本性,把人吹得宁静而澄明。

这风我总觉得它是从野外吹来,含着这个时节特有的田间气息,我甚至能想象出风声带着麦秆拔节的脆响,要不然哪有这么清新、纯粹。当年,祖母领着我们到临江去扫墓,它就是这样掠过肥嫩的麦梢,把老姑奶奶和姑爹爹从绿拥碧镶的乡间土路上吹来。二老挑着祭祖的酒菜饭食和祭祀用的大杌子、小凳子,从两里外的

三塔谣

洪江挑来。风撩起他们粘着汗水的花白鬓发,也撩出二老捧着心来面对老祖的一脸安然和满足。风吹过一个个清明,把祖母他们都吹进了墓地。日子留不住,日子里的人谁能留住? 如果说有,唯有这墓地和一个个清明节,还有见证了这里一个个入土为安故事的风。

史铁生是对生死思量得深透的人,在他看来,人的肉体不过是一个消息的载体,这个肉体消失了,还会有消息在传扬。我想,这微言大义的消息可以分为微、中、大三个层面。史先生是了不起的人,他的大消息会永久地传扬。而我的祖辈们都是些平常人,只可能有些微消息在我们后辈中流传,至多只能在闾里和街坊邻居间传说,比如,说我曾祖母、祖母生前衣着如何光洁,说祖父做手艺活儿出手怎样清爽,如此而已。随着这部分人也变为消息,这些传扬的载体就被一一掐断了。不过,断了的只是写实性的部分,那些看不见、摸不着的东西已化为家风、门风在后代的生存态度和为人处世里流传。久而久之汇聚成乡土上最淳厚的"风",叫"民风"。我想,这也就够了,足以让华夏生生不息。

"二月二,蚕豆开花结角儿。""三月三,荠菜花儿赛牡丹。"这些话是祖母春天里的口头语。说这话的她,已埋在蚕豆花和荠菜花开的土里。可是岁月依旧,日月光华依旧,风依旧悠然地吹过清明,吹进墓地,这种"依旧"还将不断地翻版下去。

纪 念 品

我家书橱里,至今还收藏着好几本日记本子,这些本子是20多年前同学、朋友或妻的战友送的。有的已经蔫了旧了,但是我与妻却不舍得丢弃。去年春上拆迁搬家,怕散失了,特地整理好,装入纸箱,搬进新居,存放在稳当的地方。多少年来似乎跟他们有种默契,寻找旧物,碰上这些本子,总是不由自主地搁下正事,翻开扉页瞧瞧,那一个个熟悉的名字好亲切。他们中有的至今还交往着,有的早已失去联系,人各一方,可是那含着情谊的墨迹却留在这32开大小的扉页上。瞧着瞧着,许多相关的往事也纷纷地从遥远的过去走回来,如同听到家人呼唤的猫儿狗儿。字如其人,赠言寄语也如其人,有的干脆,大大咧咧地写上某同志某事留念;有的直白,如"发扬革命传统,争取更大光荣";有的蕴藉,如"美丽的彩虹在雨后,美好的友谊在别后"……青春的田园生长着绿色的憧憬,云集着无限的生机,特别是当人进入新生活、走上新起点时,来自亲情或友情的一点点激励和鞭策,都会让人热血汩汩。单纯孕育简约,那个时代物短货乏,人的欲望简单而粗糙,生存方式也就复杂不了,送人的觉得应该,接受人感到"温暖",仅此而已,真是一种很特别的纪念。

10岁生日,留在记忆中的,一是生日那天中午,曾祖母特意为我下了一碗漂着猪油和葱花的汤面,另外是一位有文化的亲眷送我一支上海产英雄牌钢笔。紫红色的笔杆,银白色的笔套,发着诱人的光泽。正想摩挲个够,不料祖母却说,等我上中学了才给我用,说着就锁进了衣橱的抽屉里。从此那门板上荡着一对大铜祥的旧衣橱,寄居着我童年的幻想和希望。盼望着长大,能有一天把那心爱的钢笔别在胸前,让银光闪闪的帽端神气地探出表袋。

大伏天曝伏,衣橱里大小衣物都捧出去,敞到场心的苇帘上,让辣花花的太阳暴晒,连橱抽屉也被祖母倚在屋檐下的墙根边,散发梅雨季节残余的潮气。这时候,我久久惦记着的钢笔,在苇帘的一角,从家中杂而古董的小物件堆里,闪射出耀眼的锃亮,那光亮属于那苦热的夏日,也属于我。上初中时的一个春夜,与小伙伴们玩昏了头,把那支钢笔弄丢在蚕豆田里。第二天,天刚亮我就去找,寻遍了那块豆田也没找到,我懊悔了好几天。可是直到今天我闭上眼睛,还能想象出那支笔的形状。当一件物品倾注了人大量的感情时,它已不是一般意义上的物品了。

30多年前,正是麦熟杏黄的季节,对河一位清纯而腼腆的农家姑娘,托祖母送块手帕给邻舍那位回家探亲的"兵哥哥",说是给他作个纪念。那是方浅蓝色的普通手帕,一如农家女子的纯净和素色。后来听说他俩之间就有了书信来往,渐渐演绎出爱情和婚姻。我无法知道他们爱情流程中的浪花和一路风景,但我见证了他们的爱情萌芽。现在每当看到他们夫妻俩肩并肩在夕照里散步,一任晚风吹拂鬓角的岁月霜痕,我就想起那个飘着麦香的初夏,想到那方手帕。

　　今年女儿 20 岁,我想送她一件能够真正走进她心里的纪念品,不少雅的俗的方案都被我否定了,计划时我不由回忆起我孩童和青年时的琐事,于是我想送她一本日记本,并在扉页上写上父亲发自肺腑的祝愿和希冀。可我又迟疑了,因为不知道女儿是不是肯领这份情。

走过世纪的芬芳

我们学校走过了一个世纪。一百年阳光雨露,她是一株擎天的大树,枝叶那么繁茂,绿意那么深远;一百年繁花硕果,她是一块丰茂而灿烂的园圃,每一寸土地都让人心热。一路走来,她用果实的芬芳,铸就了一百圈金色的年轮。

她走过的百年,是世界风云际会的百年。风起云涌的历史给她涂上厚重的底色,也给她以深厚的积淀。她踏着民族希望的曙光起步。我遥想,一百年前,她开班上课的第一记钟声是豁亮的,又是深沉的。那铜质的钟韵承载着民族的希望和重托,她是张謇先生"父教育,母实业"救国思想催生出的一个新生命,是张謇、范当世等乡贤强国梦里又一抹新曙光。从此,家乡第一所新式教学的学堂在古老的盐义仓(清末废置的谷仓)上,天天用琅琅的书声迎来希望的朝暾,送走憧憬的晚照。那斑驳着岁月沧桑的门前古巷,一年年回响过多少青春年少坚定、自豪的跫音。那古老的光孝塔,丁零当啷的风铃放飞过一代代师生几多高远志。从此,这首创精神固化成她的品质。时代把她推上潮头,也造成她天高地阔的视野和胸怀,她的目光永远指向远方,她的脚步永远奔向远方。从当初"进无极兮道无疆"(1929年校歌歌词)的热情歌唱到今天"追求卓越"的理想抒发,正是她进无止境、永立时代潮头的生动存照。这种生动的境界薪火传承,穿越百年。一百圈年轮里,因此饱含着厚厚的人气指数和希望值。当年,本埠的街头巷尾流传过这样一句顺口溜:"进了通中的门,就是大学的人"。在素有供耕持家、攻读济世抱负的江海儿女心中,这里是一块怎样让人神往的热土?在家乡这块尊师重教的土地上,她的名字就成了基础教育的含金量,她的名气成为人们心目中理想化的教育标本和攀登的高度,也由此成为家乡人民的骄傲。

"宏观书香酿造智慧的酒浆,崇晖师风陶冶忠诚的灵魂。诚恒在心,桃李芬芳……前进!前进!前进!前进通中"……每周一的升旗仪式上,这首新时期的校歌就会在校园上空回荡,也萦绕在我们心头。是的,一代代,一年年,通中人就是这样用文化和精神书写,描绘出种种大气象和大境界。当年,刚走上教师岗位,偶然来这里参加活动,我走过办公楼走廊,小心翼翼的,总感到这儿有种特殊的气氛。这种敬重感出自骨子里,但又说不分明。当我融入这个团队,时时感到有一种无时无处不在的力量逼人向上,催人前行,这是文化和精神的力量。前不久,一位县(市)重点中学引进的资深老师,接受《江苏教育研究》杂志社记者采访时,说出了久存在我们心底的感觉。他说,这里不只是知识的传授,更在于用文化来构建人的精神家园。翻开厚重的校史,我通篇看到的是"诚恒"。这两字校训是祖制的立校根基,直指向人的性灵,而又由个性消化后缘自人的性灵,这种百千万的个性消化形成蔚为大观的情操聚集,赋予它与世界、生命和生活相等的外延和内涵。从当年囿于礼堂之上,到今天勒于石,"诚恒"校训,成为校园精神文化的"图腾",成为代代师生内心最为鲜活的图景,成为精神化成物质的生动写照。"诚恒"在师道,就是要无比执著而又十分智慧地把做人的养料渗进生命的骨子里,润泽人的一生;"诚恒"在学道,就是要蓄天地正气,养日月襟怀,书生命大象,造壮观人生。

一百年里,从这里走出了二十多万学子,他们以人生大成荣耀母校,母校又是他们心头最温软的收藏,因为这里有他们芬芳岁月里芬芳的记忆,这里是他们精神的衣胞地。每一次参加校友回校聚会,都让我感动。1951届校友毕业五十年相聚母校,正值学校食堂改建。他们执意要在车棚临时改成的过渡食堂里用餐,并说,走进中学堂街,就有回家的感觉,在家里吃才有意义。在玻璃钢瓦缝漏进天光的车棚里,大家边吃边谈,载歌载舞,斑白的鬓发舒展起无限的激情。最后,几桌校友齐唱"让我们荡起双桨"的场景,深深感染了我。我想,光有岁月流过的记忆,是不会有如此心境的。在1958届校友联谊活动上,一位有表演天赋的校友,上台模仿当年老师上课的神情和口吻,让同学们猜是谁,下面的同学异口同声:某老师,一一不爽。岁月流逝,可是恩师们当年的举手投足永不磨灭。老校友们一提到徐质夫、高德添等老师,肃然起敬。一位校友说,当年,数学课上,听徐老师用"三角"巧解物理难题,让他们热血沸腾。高老师上课妙趣横生。有一次,高老师讲完课,大家还兴味盎然。突然,他掏口袋,同学们以为要掏出测试题来测试,有点紧张,哪知高老师掏出块手帕,擦擦额头说,请听。话音刚落,丁零零——下课铃响了。这种教育的大智慧和大境界,形成通中"以活见长"的教学风格。这种高品位的教育追求,力戒匠气,以雕塑家的身手来塑造一个个鲜活的生命,让他们找到各自的人生坐标,让群星璀璨,叫百花满园。

　　一百年,这是怎样的一段岁月啊! 如今,作为历史见证的,一是与天宁寺紧邻的那座两层的厢楼。黛瓦、白墙、翘脊、紫红柱,一派阅尽沧桑的安详。二是厢楼前那株六百岁的老楸树。它曾遭雷击折断主枝,留下脸盆大小的伤疤,但干枝遒劲,张力四射。每年四月底,花开满树,婆娑弄姿,浓荫匝地,百丈见方,还正当华年。我想,我们学校一如这一树楸韵,古老而青春,芬芳一年又一年。

泸 沽 湖 边

　　站在泸沽湖边,我用目光深情触摸着透蓝的湖水和格姆山(狮子山)上莽莽苍苍的森林,浮想联翩:这湖水是玉液琼浆吗? 那密林深处莫非是上等的天然酒窖? 要不,摩梭人古典爱情的美酒怎会历万年依然醇香?

　　格姆山衔着一轮多情的夕阳默默无语,泸沽湖不时卷起雪浪美化着一湖湛蓝,洁白的鸥鸟和芦灰的野鸭,时飞时浮,主人般从容自在,那过路的风似乎也有着原始的清纯。时光飞逝,母系氏族公社已成为人类幼年时代温馨的回忆,可是摩梭人走婚制的"阿夏"(情人)婚姻,依然延存着母系氏族公社家庭和婚俗的原生态,就像白鳍豚孑遗成中新世及上新世的"活化石"一样。时光改变着很多东西,山外的世界已远非远古的世界,包括爱情和婚姻观也远非从前。就是这深山里的泸沽湖也在悄然变化,那满湖里摇着古老猪槽船的摩梭男女,把一批批游客送上里务比岛,也在不经意间让商品经济的种子撒进了心田。可是摩梭人却韧性地坚守着。在现代文明的冲击下,这种坚守虽然在节节败退,但我信导游的话,在那深山密林里,这种男不婚,女不嫁,孩子只知其母,不知其父的婚姻没有完全消失。我不敢妄言这种坚守的意义,但直感告诉我,这古老的爱情和婚姻无疑是暖人的。要不,四面八方的游人缘何踏遍千山万水来寻访这女儿国? 当我们设身处地,触摸到这种婚俗天性的温暖时,也就寻到了久存在我们心底的纯人性的善良和醇美,这种感觉就像冲洗一张老式照片,在泸沽湖水的浸润下慢慢变得清晰明朗起来。

这是一种纯情的婚姻,如同这山水没有过多世俗的污染。现代文明给男恋女爱带来了无限的可能性,也给它涂上过重的非自然情感的色彩,如同恒温箱里批量孵化的小鸡,便捷的同时也失去母鸡羽翼下的天性。在狭窄的猪槽船上,面对面近距离看那摇船的摩梭女,我不敢有半点俗念。高原强烈的紫外线把她原本白皙的皮肤晒成古铜色,许是用猛力的缘故,她两颊泛起好看的潮红,长袍上的花饰洋溢着独特的民族风情。桨拨起水花溅到游客身上,有人借题发挥打趣她,她只是矜持地莞尔一笑。我想,假如有客人想要真正走进摩梭女子的心里,得在这深山里好好修炼一段时日,因为我们俗心太重了。这个想法,在篝火晚会上又得到印证。互动节目,穿着鲜亮的民族服饰的摩梭姑娘们邀客人跳舞。手拉手时,有浪荡客,模仿摩梭人传情的方式,用指头在女子手心里勾三下,反复多次,她仍无动于衷,舞毕赶忙逃之夭夭了。摩梭人的婚姻和性爱,固守着人的天性,需要天真无瑕的真感情来培育,来维系(此外没有任何维系)。与放荡的眼神、轻浮的举止、堕落的淫乱风马牛不相及。那纯正的人性美是自然的,就像泸沽湖醉人的蓝,你要把它盛进旅行杯或其他家什里,就不见蓝的影子。假如人性里没有这天然的"湖蓝",生命就缺少了质的美丽。

泸沽湖依偎在山的怀抱里，很安谧。天上的星星繁多而明亮，我一生从未见到过如此美妙的夜空。我在湖边彳亍。黑魆魆的大山里，是不是有这样一座木楞房？老祖母的屋里，那象征家庭最高权威的火塘里火星明明灭灭，室内存放着的猪膘肉（掏去内脏、骨头和瘦肉后晾干的猪皮和肥肉）散发着猪油香，经堂里佛前的酥油灯摇曳着梦幻般的光影。家人们都睡了。一位走婚的"阿夏"蹑手蹑脚地走上二楼，走进了这家姑娘的居室，按习俗把一顶毡帽挂在门外。操心的老祖母也许听到了，但她装着什么也没听见。夜静极了，一天星斗见证着这一美好时光……

这些格姆山溪和泸沽湖水浇灌出的生命，恪守着原始情爱的天真，爱就是爱，有情就连，情尽就散，就像花开花落、草荣草枯那样自然。花花绿绿的都市爱情，除情爱外，还得用理性的东西来约束，就因为人性的土壤里有了杂质，市井太嘈杂。男女情爱打原始社会结束，一路走来，每个时代，都会背上那个时期世俗的行囊，演绎出多少人间悲喜剧，这是自酿苦酒自己喝。摩梭人的爱情有着亘古的平静，平静得给人大音无声的禅意美。那位走婚的"阿夏"，天亮前就要依依不舍地离开那座木楞房，回到自己家中，等待与心上人相约在下一个美好的长夜。在老祖母的操持下，他担当起"父亲"的角色，养育他姐妹的孩子。这些孩子的 DNA 里都没有他的遗传密码。没有这样宽广的胸襟和善良的人性，怎能演绎出这走婚式的爱情？

沁人肺腑的夜风送来一对摩梭青年男女的对歌声：

男：小阿妹，小阿妹，隔山隔水来相会，初次见面不相识，只怕天鹅笑猪黑……

女：小阿哥，小阿哥，有缘千里来相会，井水河水都是水，冷水

91

煮茶慢慢热……

合:小阿哥(妹),小阿哥(妹),人心更比金子贵,只要情谊深似海,我俩就会成双对。阿哥(妹),阿哥(妹),玛达咪(我爱你),玛达咪,玛达咪。

歌声在我心头久久回荡,激荡出无尽的美意。夜,很静很美。对这种原生态爱情童话的感受,让我们找回了行将被繁华和喧闹淹没的性灵。摩梭人这种性灵的坚守,让生命多了几分美丽和感动。这泸沽湖边的女儿国成为我们永远温暖的守望和向往。

第三辑

　　芝麻花盛开在夏阳里，淡红紫白，像是绿叶怀揣的梦；芝麻果裂开在秋风里，哔哔剥剥，那是带着香甜的笑，同样美丽。两美间的距离是一段宝贵的时光，它把怀想的美变成现实的美。

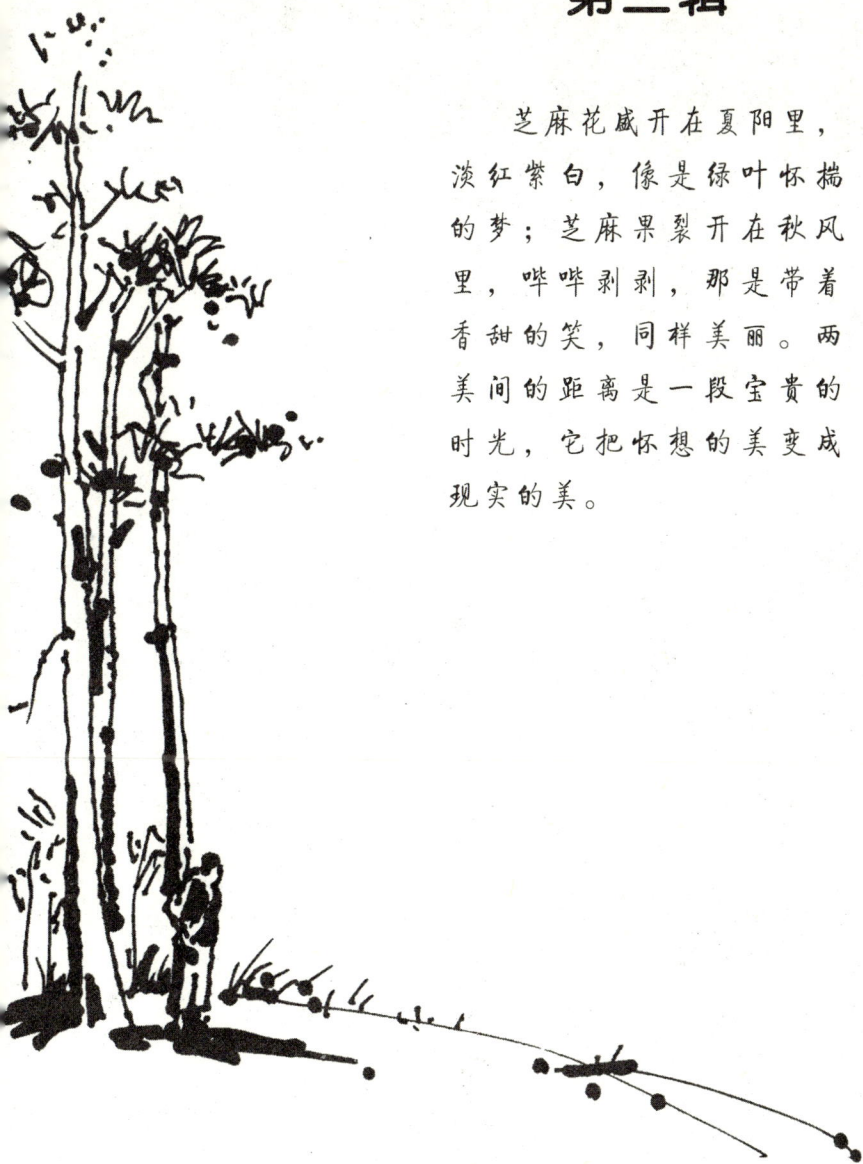

秋 事 短 章

白芝麻,黑芝麻

芝麻花盛开在夏阳里,淡红紫白,远看,像是绿叶怀揣的梦,很美丽;芝麻果裂开在秋风里,哗哗剥剥,近听,那是带着香甜的笑,同样美丽。从美丽到美丽,就像女人从怀孕到分娩,两美间的距离是一段酸酸甜甜的时光,这段时光那么宝贵,它能把怀想的美变成现实的美。

"梅里芝麻时里豆。"潇潇梅雨,土地膏润,竹箬笠,草蓑衣,抑或一肩白塑料布,在这样的布景里,芝麻秧下地了。生长在有板有眼的时节里,节节长高,节节开花结果。芝麻的蒴果算不上好看,但很有趣味,长圆筒儿,由四棱或六棱组成,长成了,棱面饱胀,沟线深凹。这时节,太阳总是充当着催生婆的角色,它用金色的指头轻弹蒴果,那线条就慢慢裂缝了。芝麻开门了,这是美好的物性,也让阿里巴巴等民间故事披上了古老而神奇的色彩。

收割芝麻是件细心活儿,先摊开被单,或晾出笸篮,像是收获前古老的仪式。扶稳秸秆,用镰刀割断根部,轻轻放在被单上或笸篮里。已裂开的蒴果,窸窸窣窣,细小的香粒就从母体里诞生出来,被单或笸篮产床上白一摊、黑一摊的,鲜活而生动。

那些没有开裂的蒴果,还得让太阳婆婆来催产。芝麻是性情之物,那就性情地把它们晾起来。小辰光,我见过有的庄户人家,把芝麻秸晾上了本瓦房子粼粼的屋檐,一把把卧在雨洗风刷过的瓦楞间,上有光照,下可透风,那些铺晒在场上的豆秸、玉米一定眼热死了。

手握秋天,人自然多了几分激情和创意。那回在朋友家,我看到他那一向古板的父亲,居然把芝麻秸晾出意味来。他细心地用红塑料绳把五六根芝麻秸扎成把,然后一把把挨个儿倚在路边一叠堆放的楼板边,像栅栏一样把楼板围转过来,再用粗绳拦腰码好,就这样晾在秋阳秋风秋露里。颀长的秸秆儿,次第簪着长筒型饰物,节节高的图景,寓意深长。块和线条结合,冷色的灰白衬托热腾腾的青绿枯黄,怎么看都像一幅画,对,一幅木版风情画。朗阳来上漆,涂抹出和暖的人间色调;金风摇动这长筒型风铃,摇出细细碎碎的秋意;夜晚,露珠儿还会来润色,圆润地挂在蒴果的唇角上,滴出一个个朝霞嫣红的秋晨。

晾晒的秋

阳光照在庭院里,有说不出的明静和温暖。院墙外,一树树银杏果晾挂着蜡黄的秋光,像是满树的灯饰。这是最不急于收获的果子,让它晾过寒露,晾过霜降,熟透坠地,砸成一坨果泥,那米白的果仁就自行披露出来。不急于收获的还有老丝瓜,缠绵的藤儿牵着它四处吊挂,挂在杂树上,挂在悬空的绳索上,挂在篱墙上。空壳的丝瓜已没有多少实际意义,可人们情愿让它随意吊着、荡着,成为风的道具,摇晃着秋意,洋溢着秋天的情感。如果不碍事,就不扯它了,让它挂到来年开春吧。

感染着这样的氛围,院子里也生动起来。才起田的花生还裹着新鲜的残土,把它畚出来吧,晒上几个太阳土就剥落了。还有刚挖的芋头,晾晾吃起来更香。那可是红葫子竹节芋,皮纹形如竹节,依我看,更像虎的斑纹。东一摊,西一摊,摊在场上,那形状是畚箕直接倒成的,或者是手随意捎出的,很自然,这是农家的"地图"。想想它们会把未来的日子煮出多少香味来,心头不由升腾起对土地和阳光的敬意。

墙台儿也亮起来了。几只纸盒里,整齐地摆放着由青转红的大方柿。白纸垫上,散铺着红红的尖角子辣椒,还有绿豆赤豆和茄子冬瓜的种子。

把番瓜(南瓜)也一个个搬出来吧,枕头型的,磨盘状的,灯笼样的,老青新黄,一字儿摆开,摆出满心的欢喜。那晾在草堆上的番瓜更有趣,原先它藏在肥叶里偷偷地生长,现在秋揭开了它的盖头,露出一草堆的惊喜,索性不急于摘了,让藤儿盘绕着它,安静地卧在软草上,等太阳把它描出黄熟的颜色。

秋天是尽情晾晒的季节,不晾不晒还算秋吗?

桑　园　里

胡桑园,萧条在秋风里,一大半的桑树上叶都打光了,枝梢尖挑着两三片没长成的嫩叶,维持着一棵桑晚秋的生计。北侧边缘还剩一条窄窄的绿带,依旧肥叶冉冉,好像要鼎力收拾好这盘残局,但到底是夕阳残照了。

园里一个妇女正专心打桑叶。桑树是人工培植的,成排成行,茂密的桑条四杈八岔，倒像是灌木。枝条高过人头，她一手吊压枝条，压在胸前，一手哗哗哗采叶，一叶叶叠成一沓，塞进身旁的蛇皮袋里。她逐条逐枝打着，很有条理。我走过去与她搭讪，问她家养了多少蚕。"两张纸。"我又疑惑地问："桑叶不多了？"她说："够了。三眠了，吃完该上山了。"她关注手里活儿，尽量把话说得简短。

我又把话题扯到春蚕上："听说今年春上蚕事不好，不少蚕儿最后不上山，不做茧。"她说："对，镇上还专门请北京的专家来看了，没说什么。"

"到底是什么原因呢？"她说："不懂。只听说可能是日本核辐射污染了空气。"

我关心地追问："秋蚕会不会像春上？"她答道："没数。种田靠天，养蚕儿也是的。"歇个劲，她指着这块桑园说："反正这么多的桑叶都给它们吃了，把它们养得好好的。做茧的木格也洗净晾好了。再看吧。"接着，她又补充一句："反正茧歉收了，价格会变高的。"

她说话爱用"反正"。从中我听出她的自信和坦然，这也许就是庄稼人的秉性。我想即使今秋的蚕事仍不如意，她也不会十分懊恼，因为还有来年。所以这片土地上什么时候看，都是生机盎然的景象。庄稼人的生活和日子就是使劲出力，只要有指望，他们自会拼命劳作。

我不好意思再多打扰她，让她一心打桑叶吧，也许她家里的蚕儿还等着喂食哩。桑园边的荞麦花开得正旺，一片细巧的白，浮在淡青色的卵叶上。稻是田间的主角，成片成片的，正慢慢化着金黄的秋妆。送我的是那哗啦啦的打桑叶声，这是今年秋天，我听到的最好听的声音。

秋　芋

　　中秋月有满盆的好光华,似金,把稻谷染黄了;如酒,把高粱灌醉了;像银子,晃动在水面上,晃出芰荷老熟的菱藕香⋯⋯在这富足的时分,芋头纷纷起田了,一夏半秋,在土里暗暗积蓄的糯香,又回归到锅里碗里,唤起人们对生活温热的感觉。家乡有句俗话:"八月中秋,肉烧芋头是小芳子好。"这是生活美的回味,又与"姜是老的辣"相对而言,揭示出各美其美的生活哲理。

　　"扨(音 chuāng)芋头"是带着童趣的劳动,我想,也许就是专门为孩子们设想的。"也傍桑荫学种瓜",那是模仿游戏,"扨芋头"可是实打实的家务活。秋风扫过,水面不时皱出老人脸上的褶子。拎只木桶,舀上小半桶水,倒进芋头,用扒灰榔头连续捣动,芋头们你挤我拶你,相互摩擦,皮就擦脱了,露出白白净净的身子。呼噜呼噜的搅动声,是童年的音乐,是乡村秋天的呼吸。

　　芋头是合水的。我家老屋后有两块洼地,是当年盖房取土挖出的,土盘熟了,照常种菜蔬,最适宜长芋头了。洼地岸边长毛豆,冉冉摇绿。豆的品名也生动,羊眼睛、牛踏扁什么的。洼地长芋头,一排排整齐列队在土垄上。芋田紧挨河边,涨水时,拿把长柄勺子,站在河岸,就能把水舀进塍里,流遍整块芋田。水汽泱泱,田田的阔叶随风摇摆,能与荷塘媲美。芋叶很有特点,像举着一柄柄绿色的盾牌,当然,全无武相,因为这里没有刀光剑影,只有热心的骄阳,滋润的雨露和抚摸它们成长的风。要遮挡的也许是芋头们小小的心愿,挡住岸边豆秧、天上飞虫和云朵的视线,保守土里一个个生长着的小秘密,到时候好给秋天一个惊喜。

　　芋头的生长确实带着几分秘密。它和萝卜、花生、番薯们一样是庄稼地里的"隐者",精华的部分隐在土里。不到收获时,不把它们请出来,无法知道它的根底。这些底情与树上的果子,棚上的瓜豆,是两道截然不同的风景。不过,芋头和萝卜、番薯又有不同,它会用青青的子叶来一点心照不宣的暗示。入秋了,主茎旁冒出三三两两的小叶,围聚在主茎的周围。乡间把芋叶叫葫子,称这小叶叫"萃葫"。那是芋艿上暴出来的,"萃葫"多表明芋艿多,丰产的希望就多。这时候,田间的劳作不再是汗水涔涔的苦涩,也带着收成在望的微甜。

挖芋头是带着惊喜和感动的事。惊喜地揭开土里的秘密,感动芋头几代同堂一大家子的和美。"母芋"边围着"子芋","子芋"拉着"孙芋",长得特别好的,还有"曾孙芋"。球样的,蛋状的,香蕉形的,紧紧依偎着"老祖宗"。毛乎乎的表皮就像新编的蓑衣,白色的根须该是蓑衣的衣带,裹着新鲜的泥土,散发着温润的气息,透着成熟的安详。

至今还记得曾祖母挖芋头的身影。萧然秋风里,芋头蔫葫了,成熟的芋头把土垄胀出道道裂缝。她身穿老蓝布夹衣,提着四角篮子,搬张趴儿凳坐在田里,用小锹慢慢挖开她亲手精耕细作出的土垄,神情专注,生怕小锹挖伤了芋头。好像土里长的不是土物,而是她心头的宝贝东西。我想,人和物之间的天然性是相通的,芋头的长相,正是她老人家心中农耕家庭兴旺和睦的图景。

夜来南风起

"麦是睡老虎，一夜长尺五。"这话是祖父坐在廊檐下搓草绳时说的。南风忽悠悠地从田园深处悠来，穿堂而过。麦们就像着了魔似的乘风长，"火麦场"就在眼脚下了。祖父从地上拈起一撮稻草，掭进紧捏着的绳头里，噗，往手心里唾点唾沫星子，用右手合着左手搓动，两股稻草就慢慢绞成姑娘的"长辫子"。搓了一段，祖父的身体习惯地侧向左，抬起右半边屁股，把压在屁股下的草绳往后缩，条凳脚边一圈圈草绳像蛇一样盘着。

太阳正以最佳角度照来，地上不冷也不热。麦子正在孕穗，麦秆上端圆鼓鼓的，窄窄的子叶怎么也包不住集天地灵气的圣物，尖尖的麦芒按捺不住地刺破绿色的胞衣，像袖珍型的毛刷子，嫩生生的，齐展展的，刷着有一阵无一阵的麦风。这风带来一个新季节的征兆，屋东高高的老乌桕枝头，一对阳丫鹊在鸟窝的上下喳喳地欢叫，叫得一树油光光的新叶晃得耀眼睛，叫得晴好的太阳直往人心眼里钻。那条叫"八侯"的老花狗追着黑雌狗一路"浪"跑，跟着跑的风，掀得地头瓜秧豆苗的嫩叶像小扇子摆动。一群绒球儿似的小鸡雏叽叽地走来，嫩黄的细脚踩着泛白的碎土，东张西望，瓜秧和豆苗撑起一路仪仗迎候着它们。太阳静静地亮着，在这个季节，它要照耀出许多神奇事来。

早更头，布谷鸟把清亮的叫声撒在村头。巴爹披件对袄儿的外衣滑下床，从水缸边找出磨刀砖，拿起灶台上的钵头，把磨刀砖浸在钵头水里，在条凳头上系一根稻草绳，同钵头一起放到下场边，再从檐口下抽下生锈的镰刀。"麦老过座桥"，一晌晌工夫麦田就让太阳钤满大印。窸窸窣窣的麦风显得老辣了，有麦芒似的刺人感。

磨镰刀像是开镰前一个古老的准备仪式。磨刀要有臂力和韧劲，还要有窍门，抽刀口角度要准，大了伤口，小了出不了锋。巴爹是磨镰刀的好手，磨出的刀锋快耐久。他骑在条凳上，让草绳箍住刀砖头，镰刀在钵头里蘸些水，水顺着刀尖滴到砖上，霍霍的磨刀声招来四邻的女人们，她们纷纷拿来镰刀请巴爹磨。巴爹是个老光棍汉，有眼疾，下眼皮外翻，见风就滚泪珠子，落得个"巴眼"的绰号，人前大家叫他巴爹。这时候是他最风光的时刻，女人们叽叽喳喳地围着他，欣赏着他手按着刀推出去抽回来，听着在水的撮合下铁与砖的交谈。花布衫晃得他眼花缭乱，撩人的女人味冷不丁直往鼻子里钻。巴爹把老榆头家二媳妇（上年腊月里成的亲）的刀磨的时间最长。有人嫉妒了，打趣说，巴叔叔，你索性好人做到底，歇个劲，到树上钩个杏子给二媳妇尝尝鲜，她近日要吃酸的哩。二媳妇好看的瓜子脸羞得绯红。女人们一阵哄笑，笑声里，那一树杏子越发黄得诱人。

"火麦场"说到就到了。麦子要收割，稻秧要栽插，棉花和瓜豆苗急等着下田。火急火燎的感觉同麦香一起渗进人的每个汗毛孔

三塔谣

里。黄豆大的汗珠子像虫子满脸颊地爬，也顾不上撸一把。田间到处淌着太阳，钢的镰刀与软的麦秆嚓嚓地说着私话。一田麦秆数也数不清，一顿饭工夫，全放倒了。走上田埂，直直腰，透口粗气，喝碗藿香茶。太阳黄黄的，南风也是黄黄的，黄黄的麦桩儿上躺着黄黄的麦秸。田里似有似无的水蒸气像无数条细蛇扭着腰升腾，地显得空旷，天更显高远，人的视线四处无碍。拾麦穗的孩子们像小牤牛满田撒野，累了有草垛等着他们，躺在麦秆草上棉絮般柔软，草的枯香胀破了鼻孔，金黄的阳光和麦秆闪眯了眼睛。女孩子们喜欢掐麦秆莛子，破开来像条金箍，折成一个"金戒指"偷偷地戴在手指上，像是戴着一个小秘密。要不就把莛子的头尾插接，一道道折成宝塔或大海螺等好看的挂件，挂在蚊帐钩上，在麦莛子的清香里，少女天真的梦境涂满了金色。

旱蛄佬儿（一种泽蛙）是伴随着小秧田里冒出的嫩绿开唱的。新开的灌溉渠刚把水送进新翻的大田里，它们就来赶新鲜了。叽叽呱呱声里，水顺着原先的田墒或犁沟悄悄地流向四处。本来高高在上的青天和白云，倒映在水田，反倒成为高出水面的小土墩或土疙瘩的衬景，含着水汽的稻秧子风很爽人。人们赤着脚，挽起裤管，扛着钉耙或捶耙，走下水田拉墒（把高出水平面的土拉到低处）。一脚踏下，刚刚还有棱有样的土块融成了泥膏，像挤牙膏似的从脚丫子里冒出来，带着一丝凉意，可人心里却热了起来。这就是用日子和季节盘熟的土地，这就是让大西北人眼馋的随意插根树枝能长出大树的田园。不远处，小土墩上，立着一只簪缨的八哥，自在地觅食土里的蚯蚓，见人走近，哗儿一声，扇着黑亮的翅膀飞走了。

水牛在沟坎上嚼足了沟帮草，走下水田，稀里哗啦拉了一堆屎。韩二爹长裤管口扎着草绳跨下田,上好牛轭头,架好耥(水田平土的农具),一手握住牛尾巴根,一手握根细树鞭,很威风地站在手巴掌宽的木耥上。他天生一副好嗓子,树鞭一挥,嗷呜——清亮亮的一声吆喝,那头犍牛拉起耥,甩开四蹄,脚脚踏出水花。木耥推起一条水浪,哗哗滚向田的那头,水浪撞到田岸脚,哗的一声碎了,混浊的泥水泼上田岸,把水沫和草屑甩在岸上。拉墒的人们纷纷走上田头,满脚黏黏糊糊的融泥,挂着钉耙或捶耙看韩二爹驾牛,谈论他好眼力,逢高墩处身子下蹲一着力,耥就把高处的泥推到低潭里。那牛也人来疯似的用足了蛮力奔跑,欢跳的泥水四溅,它成了花腿、花肚裆……

秧刚莳下去,叶拖在水面上无精打采奄头奄脑的,像玩累了头一搭枕头就熟睡的孩子,用不了几天就醒了,光鲜鲜的叶挺起精神来,一塘稻秧就像淬了火的小钢叉,饱蘸着日月天情,把珍珠似的露珠儿挑在叶尖上。一行行棉苗拼命地张开叶掌,承接着雨露阳光,日积月累,就能把高天上一朵朵白云揽进怀里。家家户户的园前屋后搭起了豆棚瓜架,豆苗瓜秧刚放出几根丝藤缠住棚竹或草绳,腰间就挂出花骨朵,连打麦场上那棵有蛀洞的老杨树,也随风摇晃着季节的精气神。南风劲吹,把夏意不断加深,一驼驼麦草垛正驮着乡村的日子走进季节深处。

走 进 收 成

　　乡村的收成充满着人文色调。它是满抱满抱的麦秸豆棵撩人的枯香，它是板车满载着滴翠溢鲜的箩筐摇摇晃晃走进晨曦的剪影，它是布谷声里一床黄灿灿的好梦。

　　但是，我并不仅仅流连于此，我更愿意穿越金色的成熟隧道，走进收成，走向花骨朵和胚芽，走入滋养了收成的汗滴、露珠和如歌的阳光，去追寻、去捕捉关于收成的美好。

　　走进去，就是进了一个丰富而旷远的世界，会有不同的解读和诠释。收成不啻是感官的刺激，享有的快意和物欲的满足，其间流动着生命的鲜亮，创造过程中人性的美妙，劳作与收获、人与自然合作的哲理。

　　想到这些，我心中似乎结满了熟透的浆果，稍一触碰，便会流出记忆的果浆。

　　烈日当头，热浪炙人。母辈们在几乎高过人头的玉米地里弓腰劳作。当她们摘下凉帽，捋一把额头或下巴上的汗水，走进田头树荫时，只见湿透的薄衫紧贴着襟前的肉体，布眼里透出白净净的肉光,后背结出云朵状的晶莹的汗盐花。她们一仰脖子,饮尽大碗凉茶,透一口惬意的粗气,这种美好,比秋后玉米的甜糯还要耐人回味,到如今这回味还是那样绵长。

披着霞彩的清晨,晾着月魂的黄昏,父辈们赤膀条条地扶着古老的水车横木,左一脚,右一脚,吃力地把一个个关于收成的梦想蹬圆。带水的叶片状的链带刮着木槽的摩擦声,是乡村儿童的启蒙音乐,这种甜蜜夹着忧伤的意象,使我从小就读懂了外祖父扫起洒落在稻田脚洼潭中稻粒的一脸虔诚。

这些解读与领悟有一种催化作用,使人的情感和思想破土抽芽,生成新质因素,改造着人的精神结构,促人本性向善,内在质朴,心境纯和,情感丰富。

今天我已经做了多年的城里人,可我心底始终留存着庄稼的气息,仍然怀念乡村。每年五月,东南风吹来,我总要嗅嗅风里是不是带有小麦和油菜秆的草香。都市化使我们远离了收成,特别是我们的后代。我真担心,他们关于收成的思考会不会停留在粮油店、水果摊、菜市场。如果是这样,这是做人的悲哀。

都市的失落感,正是乡村的情结。蛰居城市,由于常怀一副乡村心肠,虽然久闻不到田野的土味和庄稼的清香,但无碍我借助于以往的阅历对此心驰神往。如今,我常常边收拾着食物化的果蔬,边联想翩翩:日光如何从藤蔓扶疏的鳞隙间筛下,为这一串葡萄着色;夏风怎样摇动豆叶,为这满挂腰间的豆角扇凉。我甚至想从它们每一丝筋络或一个疤痕里,解读出关于成长的信息。在我看来这种虚拟解读产生的情感同样滋润人。

城市文明是人类独创的,而乡村文明却是天人合一的共同习作。收成包含着日月雨露的天情,蕴含着耕锄培灌的人气,还展示

三塔谣

着生命自身繁衍的执著与坚韧。这么空灵的天物,轻视它,是蒙昧;糟蹋它,是亵渎。只有走进去虔诚地解读与感悟,才能让人潜生出生存智慧和精神的清泉。

泅透汗水的歌

有劳力者脚印的地方，就有劳动的号子，它是泅透了汗水的歌。

打开《诗经》，国风里一首首诗仿佛是一扇扇风格各异的漏窗，漏进远古的阳光和青草绿禾的气息，漏进蛮荒初退的古原上挥汗者野性质朴的歌吟。在伐檀汉粗犷愤懑的号子声里，一棵棵高大的檀树似乎就在我耳后訇然倒地；在采草女轻快朴实的吟唱中，满筐的车前草散发出药性的野香充盈我的陋室……这劳力者之歌，呼热过万里长城的秦砖汉石，激荡过京杭大运河的隋滔唐浪，唱实过一个个明盛之邦的粮廒棉仓。一路唱来，生生不息。我一直固执地坚信：我们家乡雄浑的夯歌和质朴的打麦号子，一脉相承着那古调遗韵。

农耕时代是崇尚体力的时代，人力的爆发一如自然力的喷涌，必伴有铮铮大音。靠肌腱运动和骨架支撑的强体力劳动无疑是苦役，甚至是近似残酷的"肉搏"。把重负下郁结于胸的浊气大声吐出，吸入天地的元气真神，就得到了抚慰和支持，于是劳动者便有

三塔谣

了使不完的力气。在号子的世界里,不容懦夫和懒汉,只有自信刚强、坚韧不屈成于心的人,才能借大音扬于外。如同勇士呐喊于疆场,猛虎长啸于山冈。号子壮人行脚,助人威猛。

我的家乡算得上号子之乡。在乡间我们经常会碰到这样一些老人,他们似乎与劳动缔结了终身盟约,该享清福的年龄还能挑担。要是跟他们聊聊家乡的号子,老人混浊的双眸会顿生亮光,喜形于色。他们会扳着指头数说家乡各种各样的号子。挑、抬、扛、搬各有各的号子,打麦有打麦号子,打夯有打夯号子,连抬嫁妆也有专门的号子。老人信口就能为你喊上几句。他们用号子唱热了生活的同时,也造就了自己硬朗的筋骨和勤劳的本色。

田原山川,蓝天白云,滋养出号子的刚性;善美的人性,灼热的襟怀,呼出号子的灵气。只要回想着号子声,遍地砂砾也会冒出生机。吭唷嗬哟的号子声里有多少火热的劳动场面?

乡村的日子再平淡,号子是不会少的。清晨,草尖上挂着号子的圆润;白昼,不知疲倦的号子同水蒸气一样蒸发不尽;当落霞装帧出又一个美丽的黄昏,凉爽的晚风驱散了人们一天劳作的疲惫,挑水号子便回荡在沟坎河滩,一声声曲折绵长,凄婉古朴,如同清凌凌的河水沿着弯弯扭扭的河床缓缓地直往人心上流。人的情绪跟着一只只蜻蜓,伴着号子声,沿着水汽泱泱的田垄飞,一直飞进沉沉的夜色里……

五月,阳光拷贝出金黄的麦地。麦秸捆如同临产的孕妇,安详地躺在田头期待着,田野显现出成熟后特有的宁静。麦捆担子一上肩,拖着长长尾音的挑麦秸号子就从田头响起,领头的呼:唉哟呵——唉嘿,唉哟嘿叻——;众和:唉嘿,唉哟嘿叻——。拖曳的麦秸担子排成长龙,走向打麦场,撒下一路麦香,也撒下一路无尽的歌。多情的夏风把它传送给正在脱粒的女人们，她们互相递个眼色，脆生生的打麦号子在打麦场上空飘荡：嘿嘿呜哟上来嘿嘿呜包——，唉嘿嘿呦来到呃哟哦……空气顿时灵动起来。女人们紧握金黄的麦秸，应和着号子的旋律，从头顶晃过，使劲掼在掼床上。金穗乍开，麦粒四溅，砸在女人们深深的笑靥里麻丝丝的，有种既痛又快活的感觉。

我常常想，我的父老乡亲们五音难全，唱歌说不定河东跑调到河西。为何喊起号子来，一个个成了金嗓子，腔正韵圆？原来，号子是深藏在人心底热量的挥发，只有把苦役般的体力劳动和每天大汗淋漓的日子看得很家常的人，只有让生命的能源自由释放而不耿耿于回报的人，也只有终身以泥土为伴心境始终纯和的人，才能倾吐出饱含真情、底气十足的清亮高亢的号子。一声声号子是一圈圈感情的涟漪。

号子呼热过大地，润泽过劳者的心灵，如今它却淹没在机械化的轰鸣和键盘的点击声中。但是我们不能忘记在我们民族的文明史上曾有过漫长的号子时代。当我们把杠棒、扁担、犁铧请进农业博物馆或休闲农庄的时候，让我们从机声隆隆的田野里，把号子拾起，埋入心田，那么我们点击键盘的声音也许会更加悦耳动听。

禾 田 听 蛙

在我的情感深处,蛙声是乡野最美妙的天籁。夏正在稻粱棉菽吐出的新叶上成长,镰锄挥动、汗水流淌是不需要也不会弄出多少声响的。轻风过处,绿禾间浮起一片蛙声,清新极了,像一圈圈绿色的涟漪,荡漾在棉海稻湖上,掠过一块又一块庄稼的叶梢,传得很远很远,追寻着余音还在天际萦绕的石碌碾场的隆隆声和噼叭的连枷声,要一起融入这令人迷醉的蓝天碧野间。清音如水,轻轻叩吻着心扉,刹那间人的心中也绿意盈盈了。

在我的家乡,村民们称青蛙叫田鸡,我觉得这是种昵称。鸟啼虫鸣固然也是人心的好音,但是那种闲适邈远,比不上蛙声更贴近平凡的生活。"稻花香里说丰年,听取蛙声一片"。蛙鼓擂响着脚下汗水和雨露一起润彻的土地,渠水汨汨,稻香千里,棉桃绽笑,豆荚挂牌,就是一粒芝麻也想集天地之大成。群蛙声情并茂的表达,把田间悄无声息的生长化作可以聆听的想望,同鸡叫牛哞一起融进了无尽的霞光和暖人的炊烟里。

初夏,蛙声似乎是和稻秧一齐莳进稻田的。刚莳的秧还没活棵,叶条无精打采地拖在水面上,稻田里就传出稀疏的蛙鸣,嘎嘎呱呱,水阔禾疏,空落而孤寂。蛙声与秧苗一道成长着,不久就漫遍了稻田,成了声势汪洋的"大合唱"。这"合唱队"里为数最多的是一种泽蛙(村民叫旱蛄佬儿),拇指般大小,灰色,有虎皮斑纹。叫声清越而激扬,虽然是一种腔调,但细听,有无法道明的丰富,有泱泱的水汽,习习的禾韵,从入夏一直唱到仲秋,不知疲倦。欢唱声里,静默的田园变得灵动了,溜溜的东南风变得质感了,乡村记叙式的日子变得抒情了。

村夜,玉盘似的月儿在稻棵间抛下一道金色的光带,由窄到宽,从田心一直铺到田边。月光激发了蛙们的灵性和热情,千百面蛙鼓响起来了,似乎要鼓噪出夏夜的全部意义。月色真好,这么忠厚多情的小动物,用纯天然的方式传递着爱的信息。没有格斗和角逐,只用柔美的歌喉,就像少数民族的青年男子披着夜色,站在肥叶冉冉的芭蕉或高高的槟榔树下,对着吊脚楼里心上的人儿唱情歌。夜色轻盈如蝉翼,如薄纱,这雄性的歌喉有利箭般的穿透力。

蛙声如决堤的水,漫漶了整个田野,还有高高低低的园树和它依偎着的房舍。院场边,蚊烟明明灭灭,青烟四散,不时传来几声蒲扇噗噗啪啪的拍打声,人们躺在场心的方桌或门板上纳凉。这些田园歌手的群歌携带月的精魂和风的流韵悄悄潜入了人的心田,引发出许多美好的想头。明天又是一个好晴天,这年景该是个充满盼头的好年景。夜露不知不觉地沾湿了桌和门板的空白处,乘夜色禾苗又冒出片片新叶,藤秧子又窜出几多嫩头,瓜豆又蜕下朵朵残花,挑出玲珑的果实。辽远的夜空,天河隐在月色里,静悄悄地移动,"天河东西掼,家家吃米饭"。

夏雨是雷的随从，几声轰响雨就来了。雨天雨地成了蛙们的世界。这时一种乡里俗称"草鞋蒲鞋"的青蛙，从泥土深处钻出来，融进了歌唱，嗯啊嗯啊，叫声浑厚、雍容、舒缓，大有隐士遗风。水淋淋的田园，蛙鸣显得格外葱茏茂盛，和着雨声灌满了整个村庄，四处流淌。这叫声穿过雨帘，踏着雨点的节奏排闼而来，女人们坐在窗下纳鞋底，在唑唑的抽线声里细细地聆听，汉子们隐在门框上抽水烟，在吧嗒吧嗒声中静静地品味，牛在水塘里"打汪"，把满村夏雨和一地蛙歌静静地反刍。村庄笼罩在雨幕里歇夏。每一行瓦檐都挂出一根雨绳，雨点砸在水汪里，不时冒出一个水铃铛，浮在积水上，顺水飘进小院的明沟，穿过院墙根的过洞，流入田塍，迎着扑面的蛙声，飘向雨雾迷蒙的绿野。夏雨是乡村的变奏曲，又是真真切切的生活。乡村在蛙声里走过夏天，走进收成。

乡村五月

　　五月，南风吹来，隐约着淡淡的清香，那是麦子和油菜成熟的气息吧。我们心动了，相约去看麦田，看麦子们应和着季节的步履摇曳着成熟，看村庄顶着暖洋洋的太阳走进夏收。时近中午，我们走进乡村，踏上久违的乡间小路。放眼望去，满野的阳光，亮晃晃、黄灿灿的，如同花朵一样悄悄盛开在季节里。其实，它正忙碌着，要为这个季节烫出一帧金色的封面，好把季节的特征渲染开来。一阵带着麦草枯香的热浪扑面而来，有种深度贴面我们心灵的感觉。阳光把浮在麦海里的农舍也照亮了，那高高低低的屋脊檐头和宽宽窄窄的院墙，光鲜里流溢出富足和祥和。农家的场院都整理好了，阳光走来，把空空的场院铺上金黄的底色，静静迎候着麦粒和油菜子们归来。树梢迎风招展的新叶光灿灿的闪耀。我猜想那枝上放歌的鸟儿一定有非常好看的羽翎。不然，那一声声啼叫为何如此明澈而圆润？一声邈远飘忽，一声又清脆醒耳。鸟叫与麦香在煦暖的阳光下交织、飘逸。田园似乎缥缈起来。主人家屋后有一个不规则的水塘，水边老树的三杈丫枝稳实地托起一个鸟窝,随风悠然摇晃。这是上等的摇篮。我想,这摇篮里育养的生命,才会有如此美妙的歌喉。头顶,一只燕子一掠而过,行色匆匆,一改春日立在农家晒衣铅丝上呢喃自得的闲逸,把一串叽叽喳喳的叫声甩在身后的天幕上,眨眼间就变成一个小黑点。我懂,这是个忙碌的季节。

五月是属于田野的。一向沉默的土地以穗、以角、以粒的形式向我们倾吐出酝酿得很久很久的激情。你看,那无数支金色的麦穗齐刷刷地聚集、铺展出盛大的气势,叫人由衷地赞叹。那厚密的麦秆、油菜、豆秸盖满了东田西畈,胀上了田岸,把原本就经济的乡路田埂挤得越发狭窄了。远望,看不到小路和田埂的影子,只见随风摇摆着的麦穗和油菜荚之间有一条条间隙时隐时现。走在田埂上,大腿或小腹不时地碰开麦穗,麦穗头划过身体,用力一甩头又恢复原位。走过一条田埂会与多少麦穗这样亲热? 我们爱这么走,感觉好极了。田园静静的,一点点声息都会被数倍放大。自行车驶过乡路,颠簸出的霍啰霍啰声掠过一块又一块麦地,脆生生的,传得很远。我们寻声望去,只能看到的骑车人上身的白衬衫和扶着车把的双臂,其余都隐在庄稼地里。他像是把连绵的麦地划开一道口子,又像是一叶风帆驶在壮阔的大海上,犁开金色的麦浪,驶向村野深处。麦穗是让人感动的果实。在我们这个农业大国里,它与镰刀成为养育我们土地的永恒具象。我走到田边,学着父辈们的样子,摘下一穗麦穗,合在掌心揉了揉。噗,吹去麦芒和麦壳,数十粒麦粒安详地躺在我的手心里,像一群婴儿般可爱。是它把我们的肤色也喂养成了它麸皮的颜色。现代农业可以通过人工培育优化遗传基因,但是麦子汗珠和露滴样的外形永远不会改变。这种坚守就像我们永恒的乡土情结。我想,在现代生活里,我们多么需要这种不改的脾性,多么需要深情的守望脚下的土地。乡村为我们永远坚守着。

我们循着一阵阵隆隆的机声寻去,看到联合收割机正在一块地里收割麦子。刀剪贴着麦根推进,链条式的传送带不断把麦秸送进脱粒机,被打碎的麦秸,呼噜一下,从收割机的腹部喷吐到田里,铺出一条金色的地毯。我估摸那块田大约六七分地,收割机每转一周就会把两袋沉甸甸的麦子卸在地头。原本要付出多少汗水的收获流程,被浓缩在伸伸腰、透透气之间。叫我们意外的是,在这样的场景里,居然又看到了镰刀。一位妇女手执一柄"弯月",悉心地把田塍和田角遗漏下的零散的麦子割起。她一手握着镰刀,一手捧着麦秸,等收割机开来,好递给机上的人脱粒。麦穗温情地耸在她的肩头,那姿态真如一尊古朴的塑像。

收的收,种的种,长的长,这就是乡间五月天。只有在乡土上,季节才如此有板有眼,深刻而鲜明。灌溉渠岸上,一排枯棉花秸整齐地兀立着。翠嫩的豆藤正在它的枝节间奋力攀缘。这些陈年秸秆仿佛一夜间又"枯木逢春"了。渠边,黄猫儿尾巴草细长的绿茎,支棱起绒绒的草穗,草穗弯出好看的弧形。野麦也成熟了,麦粒的两瓣皮壳长暴开来,垂挂在秸梢,像一群群翻飞的燕子。我们小时候就叫它燕麦。不由想起老杜的诗:"雨露之所濡,甘苦齐结实。"晶莹的雨露,豁亮的阳光,还有带着体温的汗水,洒在肥厚的土地上,洒在火热的季节里,就长成了一个丰饶的乡村五月。

天上星多来日热

真的,人为不如天为。大刀阔斧的烈日下,绿藤缠绕的豆棚瓜架和枝叶苦撑出的树荫要守住点阴凉,真的力不从心,因此阴处里的午睡梦也是汗淋淋的。经历了东天的蓄势、昼午的发威,夏阳等滚到村西老桑树枝头时,像只破壳而出的蛋黄了,酡红绵软。玉米稻粱帐一阵晃动,在里面避暑歇脚的凉风就钻了出来,草丛里豆娘、莎鸡、蝈蝈儿们栉着晚风,清清嗓子又纷纷登台开唱了。暴晒了一天,大地也该喘口气散散热了,明天还要过日子呢!

四野随着阳光的淡出,越发青葱起来。每块土壤都充盈着绿色的生气,这是个不断给人带来惊喜的季节。瓜地里瓜藤每天都昂扬着新头,晚上在新头旁插根芦苇做个标记,第二天清晨一看,哟,藤秧又蹿出尺把远了。棚架上瓜豆藤更野气,一不经意就缠住了晒衣铅丝,挂上了电线。房舍的坡屋面也成了屋顶花园,青藤爬满阴坡,把三五片小瓦拉扯得脱行了。一两根顽皮的藤儿越过人字屋脊,在阳坡尖上肥叶招摇。你要时常看护着,去把它们理顺,接段草绳或再镶上几根芦苇、细竹,好让它们继续兴致勃勃地生长。这些新生的嫩藤，裹着淡绿的薄皮，真让人担心一碰就会流出汁液来。就是五大三粗的汉子，理藤时也会凝神屏气，轻手柔臂的，像抱起一个新生儿。是的，它们确实是充溢着无限生机的新生命。这细作活儿，需要晚凉里才有的那份好耐心。理着，理着，会不时理出惊喜——由肥叶们簇拥着，一朵朵灿黄的瓜花绽开了，细瞧瞧，那边叶柄根上，挑着玲珑的绿"纽扣"，瓜儿又坐果了。轻轻掊开挨挨挤挤的绿叶，幼儿拳头般大小的瓜眈卧在藤茎边，皮纹日渐分明了。一朵花、一个纽就是一个金色的希望，而且这希望随着藤条的伸展不断生成、生长着。

　　热是夏天的荷尔蒙，天要是不热，田禾也会蔫不啦唧的提不起精神。汗水是人对夏天最直截了当的感受。没有淌汗的知觉似乎就没有真正经历夏天，就像游览风景，没到达标志性景点，等于白来了。母亲的乳腺和汗腺都具有哺育功能，前者哺育了子女，后者哺育了土地、庄稼、生活和日子。乡村人汗里生，汗里长，对汗水有着特殊的情感。火辣的太阳把院场边的尖角子辣椒晒得通红通红的。四爹爹下班回来，就爱炒盘这老辣的红辣椒过酒，过喝酒人叫"六六大曲"（六角六分钱一斤）的烧酒，辣出一身透汗，感受大伏天里畅汗淋漓的感觉。乡办厂里有大功率的排风扇呼呼送风，流点小汗，哪有农田里一撸一把、一甩如雨来得痛快。四爹爹喜爱打着赤膊儿，肩头披一条湿毛巾，坐在场边的小凳子上咪小酒。烈酒辣椒辣得他不时张开瘪嘴哈气。额角、前心和后背，汗粒次第冒出来，挂成一条条线。毛巾类似汽车窗上的刮雨器，擦过了，随即一条条水线又在生成。丝丝微风从绿野心里吹来，仙风般宜人。尝遍百味，才不枉人生呀！四爹爹就这样平和而安详地慢慢品咂着，独自消闲。一地暮色依然明媚光鲜。

太阳落下去了,把好看的霓裳脱在岸脚上,风一吹,飘散了一天。小孩子们洗过澡,额上、颈项、背上搽满如雪的痱子粉,戴着红红绿绿的肚兜,像年画上的金童玉女,坐或躺在场上的竹榻、门板台上纳凉。清爽的蓝天上,不时有蝙蝠向东南方飞去,猛然一抖,像玩一个飞行特技。土路的上空一群蠓虫聚集成团,见人走近灵性地整体飞高了。天空柔和而澄碧,显现出日入而歇的闲适。其实,此刻正是入歇前的忙辰光。挑菜水的汉子们,清亮的号子尾音拖得很长很长,越畦绕棚,余音绵绵,带着些许凄婉,飘散在逐渐凄迷的天光田色里,使黄昏里的乡村婉约起来。一群鸭子走上岸来,拍拍翅膀,抖抖羽毛,把满天霞光抖落了一河。蚊帐窠里蒲扇噗啪噗啪的驱蚊声,洗澡间内木桶澡盆的相碰声,还有那踢踏踢踏的拖鞋板声……组合成乡间夏晚的"小夜曲"。大地渐渐着满了夜色,一切都放慢了节拍,就像场边上煨着的麦稳草"蚊烟",慢条斯理,从容悠然。剜好的一节节甜芦稷,整齐地码在竹篮里,香瓜、水溜瓜和番茄浸在荫凉的井水中,等人乘凉时消闲。让凉丝丝的蜜汁渗进每根毛细血管,与夜风一起带给人由外到内的凉意。四野模糊得只见轮廓了,天空却丰富明亮起来。望着满天星星,老一辈人会说:"天上星多来日热。"热好,那才是正版的夏天,才能长出真正的好田禾。夜幕下的田野像星空一样神奇莫测,她正在专心致志地孕育,好让新的一天带给人新的惊喜。

伏天农事

大伏天,农事不闲也不忙。稻田里水草薅了,稗草拔了,肥已下足了。只要让猫眼般清亮的渠水源源地流进稻田,稻秧就猛长。棉花枝早就整了,农药也喷洒过几遍。棉花们像羞涩的村妇,正悄悄地开出五彩的花,孕育伏桃,我们不要惊扰她。豆田土松过了,墒沟也理好了,让凉风慢慢摇动豆棵,挂出一串串鲜嫩的"豆牌"。我们做其他农事吧! 玉米纷纷蔫胡了,掰玉米去。

西斜的夏阳仍然刺眼,四处明晃晃的。蝈蝈儿躲在阴凉的叶丛中,弹着古老的谣曲。枝头,蝉儿们得劲地哼唱着它们的黄金季节。女人们把午觉里美好的梦里世界留给了堂屋的穿堂风和浓浓的大树荫,戴上凉帽,肩头搭着毛巾,背着挟着箩啊筐的,来到田头。

在庄稼人的眼里,农作物高高矮矮都是风景。棉田里绽开着粉的、白的、红的花朵,像花园。番瓜、冬瓜、菜瓜摇着肥叶扇子,吹起黄色白色的花喇叭,把季节吹得热火朝天。玉米也是庄稼里的美人胚子,顶梢风里摇摆着的褐色穗子,叫人想起戏台上穆桂英头顶一对弯弯的长毫,颀长的扁叶像甩出的水袖。圆鼓鼓的玉米棒包着层层淡绿色的箬壳,棒尖还簪撮缨子。剥开来,细巧的玉米粒整齐地排在棒子上,像美女白净的香齿。

女人们抖抖长方的粗布围裙,系在腰间。围裙长过膝盖,把两只裙角嵌进腰带,就成了裙兜。掰玉米是桩细心活儿。她们先在玉米棒梢头扒开一条缝隙,像打开一个窗口,瞧瞧里面的籽粒,用指甲掐一掐,乳白的浆直流,玉米还嫩,让它再长些日子吧。掐不出浆或浆不下挂,才不老不嫩。抓住箬壳尖,两手用力撕开,哧——,露出白胖的玉米棒,叭的一声,掰断棒蒂把,塞进裙兜。要是箬壳包得实,不能一撕到底,声音有点涩滞,像点上了休止符,哧、哧、哧——,涩而复润,依然好听。

女人们散落玉米丛里,不见人影,只听到人与玉米叶擦出的窸窣声和掰玉米的哧哧声洒落一田。没有人声,大家都在静心劳作,也在细听着这收获带来的近似撕开绸缎的声音。玉米丛里不透风,汗水湿透的薄衫紧紧粘在女人们的前心后背,可她们热情不减。因为她们都爱这样的劳作,把美的东西撕了扯了,是为让另一种美更生,就像把好看了布料裁破,做出新衣裳一样美好。

玉米掰完了,火暴的太阳也变平和了,远处人家的炊烟把它呛得涨红了脸。一箩箩白白净净的玉米让男人们挑到乡场上去了。田里,玉米秸秆拉着长长的阴影,腰间耷拉着箬壳,像暴雨后纷乱的莲花瓣。谁家的顽小子,扯一个青茄儿,画上眼睛鼻子,嘴里嵌上玉米胡,活脱的一个美髯的光头老人,戳入短竹,插在地头,迎着夏日的晚风,守护着空空的玉米地。

乡 村 印 象

　　天地之间好似有一只神奇的大手，像播种一样，信手抓起一把坡顶屋、落舍屋还有棚披什么的，随手一撒，散落在广袤的绿野里，这就是乡村。这一撒就撒出了乡村的随和。你看，张家的舍李家的屋，有条形的、曲尺状的、三关厢的，爱朝南朝南，爱朝东朝东，一切都由着各家的心性，自在闲适。那环拥着乡村的田园也是如此，只大致分成块和垄、行和列，并不要求十分规整。只要在大体之中，庄稼爱怎么长就怎么长。就是分田块和行列，也没有死板的条条框框，完全是种田人根据各自对农事感性的把握，按照自己的性情而作。记得那些年开田莳秧时，大家刚下稿，老队长赵长泉就会在田埂上走来走去，边查看，边从东喊到西，反复叮嘱田里弯腰莳秧的人：嗳，七到八支啊（每塘秧苗七支到八支）。其实，一手掭秧，一手栽插，快手如蜻蜓点水，谁还真的数支数了，完全凭人的手感，九支十支，五支六支，无妨，该丰收照样丰收。老队长深谙种田之道，人们刚下田时反复叫喊，是帮人找到手感，只要八九不离十，他就认可。等人们找到手感后，他再也不吭声了。是的，农事就是大体而不刻板,合天地大法则又留有适度的小空间,从事这样的劳作,人的神经多么松弛,难怪田间劳作的号子也是那样的痛快。

　　当然,乡间的物事看上去随意,其实有着内在的道道。就说那瓜秧豆藤吧,看似四处漫游,乱成一片,其实绝不是胡来的,它有它的本性思虑,这就是分头各奔阳光、雨露和清风。所以,藤哪里该分岔,该朝哪里游,一切都归于美妙的天性。天性有着绝对的合理性,就像人血管的分布。我常常喜欢把乡间的土路想象成瓜藤。大路分岔出小路,小路又派生出纵横的阡陌,依弯随弯贯通了农舍和田园,似乎只要抓住主茎一拔,藤藤蔓蔓就都起田了。更主要的是它的形成与瓜藤的成长是一个道理,哪里该弯,哪里该直,都是切合人情事理的。除了地貌限制,村路绝对是通向目的地最经济的路。说到底,它本来就是人自由踩踏出来的。土路以弯弯的形式温柔的依就着人的心性和好恶。行走在这样的路上,自由自在,只有一颗爱惜的心提防脚踩踏了田禾,除此之外没有任何限定,你尽情行走好了。路,自然伸向绿野心里,无限深远。叫你相信,只要有功夫,沿路走下去,就能走进天边那黛青色的地平线里。

　　祖父说,一个好园基要能存得住风,聚得住水。这是乡间的风水说吧。风如何存? 在祖辈看来树园子是风藏身的好处在。因此,"绿树村边合"是最常见的村景。屋房前后,河坎坟地,长庄稼成不了气候的,就长树,杨、楝、桑、榉、朴、乌桕、泡桐、香椿……什么好长长什么,有的是人工栽植的,有的是自生的,乡间称为野树。就是栽植的树也是接近天然的。树栽了就交给日月雨露来养育,交给四季的风来摆布,南风南北摇,东风东西摇,摇着晃着有的长歪了,长斜了,歪就歪长,斜就斜长,反倒成全了树的个性。外祖母家的河边头有一棵老杨树,顽强得很。几乎要斜躺到河里了,树梢又从水面上不屈地昂起来生长着。树干根部贴近水面,形成天然的水踏子。河里长着菱角。外祖父用苇草和稻草裹成的草把儿,或用陈年的葵花杆,扎成四方形,浮在水上,菱角藤就长不进来,露出一方清凌凌的镜面。人蹲在树上,可以淘米汰衣舀水。夏天,孩子们喜欢坐在树干上,两脚荡在河里戏水。凉快的树荫,清爽的河水,满耳听不尽的蝉歌。

　　树就这么生长着。乡村人家长树有着长远的打算,将来树成材了,可以打制桌凳、橱柜等给女儿作嫁妆或家用。当然,人们心里清楚,这一切都是不确定的,因为树长成什么模样是天数,人左右不了,也不会去左右它。树长着只有风能摇晃,只有阳光能抚摸。小时候,祖父经常告诫我们:树一摸,三天不长。先让树率性自在地生长,到时候短料短用,弯料弯用。做不了家具的弯料,大料可以做耕犁,中料可以做扁担,小料可以做锹柄什么的,就是小枝杈也可以做大绳钩子,再不好用的,就锯了劈了烧锅。在村民宽容平和的眼光和心胸里,一切都有用,一切都能成为现实。因此乡间的树不只长在四季里,也长在平和自在的乡风乡气里,每一棵都可能长成自己的风景。有的长着长着成为一个村子共同的记忆和地标。我家南头的坟地上长着一棵高高的钻天杨,人们叫它洋火梗子树,据说这树材可用来做火柴梗子。它鹤立于众树之上,远远地就能看到,成为那一带的路标。

草有草的风景

一

在我们家乡，人们习惯把田间的作物叫田禾，收割了就称作草，如稻草、麦秆草、豆秸草等等。这些禾草是美丽的，美得素朴，更美在内涵。想想真的神奇透了，春风里，泥土上寥寥几片几瓣嫩叶儿，风吹一吹，根往土里扎一扎，经春历夏，饮雨露，得风月，聚阳气，不断拔节长高，长成一杆壮实而秀美的禾。最终，把绿色的生命凝结成高贵的谷物，摇摆给金风，垂挂给秋露，回馈给辛劳的汗水，而后成为枯草。苗，禾，草，这就是庄稼朴素的一生。这一生虽然短暂，但让人高看。

收获时节，我喜欢深呼吸，嗅嗅那满世界的谷草香，细看看刚脱粒了的禾草。新鲜鲜的草带着天然的光泽，那是日月光华的余晕。麦秆草灿黄灿黄的，只有大自然才染得出来，任何人工颜料与之相比都显得逊色。油菜角子全都无私地打开了，内壁月白，仍然密匝匝地簇在秸秆上，远看好似开出了一丛丛细细碎碎的白花。稻草，每一根都分明记录下拔节、分蘖、抽穗等关于成长的经历。

那焦黄的芝麻秸举起小小的酒盅儿，一个比一个举得高，似乎告诉我们明天的日子，天更朗，云更轻，风更爽。

不要认为禾草是柔软的，其实它们同样具有母性的坚韧。一根根支撑起夏日茂密无边的青纱帐，支撑出秋风里丰收在望的滔滔穗浪，风吹不折，雨打不断。待到每一颗子粒都饱满了，才算完成了对生命的塑造，然后心甘情愿地倒在镰刀星光月辉般的锋芒下，倒在农人汗水漉漉的热怀里，献出宝贵的粮食，留下生命的种子。就是成了枯草，还可用来蒙屋苫棚，给生灵遮风挡雨，作燃料饲料，煨热喂养生命，最终朽成灰去肥田，滋养出又一个金黄的秋天。一根根禾草是物性美好的表征，是泥土和日月雨露忠实的化身。

打场是最热火的乡场风景，禾就这热火朝天的境遇里涅槃为草。上小学时，每年夏收，村小的土操场就成为打麦场。麦秸平铺在场上，十几个人手把连枷面对面分成两列。连枷举过头顶，用力拍下来，啪，反弹上来，顺势把活动的连枷头翻一转再拍一下，啪，前一声强，后一声弱。这边打下去，对面的连枷刚好举到空中，一上一下，交替反复，配合默契。一列往前进，一列往后退，啪，啪；啪，啪；节奏分明，声势夺人。

等我加入了农民队伍，打麦用上了老虎口式的脱粒机。麦秸塞进老虎口里，呼噜一声，草和麦子就从出口喷吐出来，麦粒四溅，中国诗人称之为：南中国金色的雨。机器的呜呜声和呼噜声，在寂寞空阔的夜色里显得格外的浑厚旷远，与新开秧田里呱呱咕咕的蛙声，交织出不眠的乡村之夜。

完成了一生神圣的使命，草们像分娩后的母亲平静地躺在地上，好安详啊。满抱满抱地捧起来，拖拖曳曳，一个喜洋洋的年景

三塔谣

也就实实在在地捧在怀里。一捆捆叠好，置成高高的草堆，成为乡场一景，也成了平原上孩子们向往的制高点。攀上高高的草堆，周身洋溢着冲鼻的枯香，那是泥土的味道，是阳光雨露的香气。田园更见深远，两岸长着青青芦苇的小河，弯弯扭扭的土路，纵横的田埂，一齐涌入眼帘。坡状的屋顶，鱼鳞似的瓦片，看得真真切切，还有一支支烟囱，熟悉又陌生。夜间，躺在草置上，夜风习习，感觉也比地面上爽快多了，就连夜空的星星似乎也变近了，亮了。清风过处，干草发出细细柔柔的脆响，就像邻上一对老姐妹坐在矮凳子上低声细语地拉家常。从高高的草堆上滑下来，那感觉绝对是天然的，绿色的，比在儿童乐园里坐滑台要高级得多。累了，就在草堆侧面抠出一个草洞，爬进去，再用草封好洞口，洞里如被窝般柔软暖和。

我们家乡把这草堆叫"草置"，我想是有道理的。一捆捆枯草有序的叠置起来，顶置成坡屋状，便于泻水。雨天，草置只湿个表面，内里不会湿。掊开表面陈年的腐草，内里的草依旧新鲜。庄户人家，家家周遭栽桑长楝，也少不了这样一个暖人的草置。稻草可以织成草帘草荐挡风铺床，要是图省事，就从草置上抽出几捆草，用连枷打打穰直接垫床，蓬松又软和。狗也爱趴在干爽绵软的草置边做"白日梦"。新母鸡要开窝生蛋了，大妈大婶们总喜欢从草置上抽把草，垫在鸡窝里。

草置又是农家的炊烟的根。炊烟袅袅，飘得再高，总脱不了人间烟火的本色，因为它的根在土上。它在木风箱呼嗒呼嗒声里催生，由锅膛内草把燃烧起来的火舌舔出，再从泥质的红砖青砖的烟囱口一口口哈出来，缭绕出一个村子平和而又火热的生活气象。

二

乡土上，再小的一块土疙瘩，我们都不要轻视它，因为它很可能就包孕着一个绿色的生命。即便今天没有，明天风会吹来，鸟会衔来，牛羊吃喝拉撒也可能带来……这绿色的生命就是野草。

我们往往太在意庄稼的长势，忽视了草的存在。其实，人的活动，包括身边的鸡叫牛哞，什么时候都没走出过草的范围。草总是静悄悄地蹲在它该蹲的地方，春雨润来就暴青，秋光深了就披黄，抖抖身子，把种子留给下一个春天，然后又回归到泥土里。人对草漫不经心，实际上草早就潜入人的意识里。乡村的人可能说不准一件好看的衣服或一段漂亮布料的颜色，只要一提到"草绿色"，脑海里自然会冒出鲜活的印象。那不就是我们家园前屋后草的颜色吗？思维细胞和情感神经一下子全被激活了。草像是散板的背景音乐，慢悠悠地飘洒在乡村的角角落落。它以一场春风一茬绿的韧劲，长出了乡土该有的颜色。

住在老屋里，我很关注房子周边的草。有的草隔年就会换一批新脸嘴儿。我懂，这是草的子孙们了。就是宿根的草，第二年长出来也是新模样。有一种深蓝色的草，长成了就像一棵袖珍的小树，每年权枝都不同。它的叶也好看，三角叶，叶尖儿一长两短。有的枝权间还簪着一撮深蓝色的细朵儿，像是开出的花。这些草们簇拥在墙前壁后，嵌在阶沿的砖缝里，隐身在酱缸的台儿肚里，同我们一起组成了一个有声有色的人家。有的人家搬进城里住了，房子空关久了，院前屋后的草就猛长，草俨然成了这家的主人。

最有好感是乡间路头的"马门草"（一种巴根草），它匍匐在千踏万踩铁实的土路口，老成的细叶为过路人送上片片绿意。记得夏日里,昼午的太阳正辣火,可是抵挡不住蝉声对孩子们的诱惑,我们扛着粘知了的网,赤脚走在晒得烫脚的土路上,看到一摊马门草,赶忙站在草面歇歇脚,脚底顿生丝丝凉意。

秋天,我喜欢踏进野草地,看草斑斓的样子。草叶随风舒动着顾长的袖子,草穗子摇着狗尾巴,晃着小儿镯子上的细铃铛,有的像直升机的螺旋桨,那是一个庞大的机群停在草坪上。一路走过,脚或小腿不时会触碰出细微的脆响,那是籽荚裂开来的声音,随着声响草籽蹦向四周,沙沙沙沿草叶滑到土上。说不准什么时候裤脚管粘上了毛茸茸的球粒、尖尖的细针,这是草借助外力传播种子,方式有点笨拙,但让人感动。走着走着,一只紫肚皮的蚂蚱,咂咂咂飞起,鞘翅老绿,内翅淡黄,落在不远处的草丛里。忽然,草底又唧的一声,一只灰色的草雀儿一跃而起,冲向蓝天。我曾经在高过膝盖的草丛间看到一只鸟窝,当年的新草,托起陈草织成的"家",留给阳光地上一个温情脉脉的繁育故事。

草同样有果的荣耀。它也会拉扯出一藤蔓红红绿绿的小果子,描述秋天的美妙。记得顾家老园的屋后,一到秋天,癞葡萄藤就会牵出一只只金铸的"癞蛤蟆",它们有个很好听的学名叫金铃子,给朴素的农家带来福相。小辰光,跟着雨嬢嬢去割猪草。有种俗称"蛇端端"的草(据说蛇爱吃它的果子),挂着小灯笼似的果子。雨嬢嬢摘下几个,剥开皮囊,内有酱紫色的小浆果。她叫我尝尝,酸而甜的口味真的不亚于现在的草莓。

有段时间,我曾跟草较过劲。新盖的小楼前有条小河,河坎上长满了杂草。我想把它们赶走。手头有的农具都用上,锄头、小锹、斜凿什么的。再不行,我就拔、薅,可是过不了几天,地皮上那绿茵茵的草芽,像同我调皮捣蛋的孩子,让我赶走了,一转身,又在哪个墙角或窗洞口朝我挤眉弄眼。如此几番,我终于泄气了。与其折腾,不如心平气和地坐在廊檐下,听听它们风里露里细声细气的叶语。一粒生命的籽粒总要发芽生长,这是物性,也是天道。

对于草,父辈们比我有智慧得多。玉米快要吹胡了,人们知道草长不过玉米了,就宽容它,让它在玉米棵间生长。玉米收了,半枯的玉米秸兀立田间。草倒长得很旺盛,把它锄了,是很好的有机肥。瓜田叶间只要有点空缝,草也会见缝插针地长。瓜藤正旺,不易多惊扰它,再说瓜田里适当长点草也有好处。瓜打纽了,顺手把旁边的草揪倒垫在瓜胚下,雨水勤时,瓜就不容易烂。瓜长大了,有草给它遮掩着,就不显得张扬,这正合村民的性格。瓜摘走了,我看见垫在下面的草又黄又瘦。

秋深了,不知是太阳着色的,还是寒霜染成的,草说黄就黄了。当然,各有各的色,深深浅浅的,好像一块块拼花地毯。草老了,一年的岁月也就老了。那一片片黄熟的草色,自然而然给人好多想头。不过,这黄色绝不会诱发我们对那些至尊色彩的幻觉。草色,叫我想起开春摇摇摆摆的小鹅、小鸭可爱的绒黄,想到夏阳里满树熟透的杏黄,想到晾在秋风里老人牙玉米的金黄……岁月把这黄毯子不停地往前拖,拖过霜天雪地,拖进新年,一片枯草又一片春天。

三

村野有种草,乡亲们称它叫虱子草。这称呼让人想起乡里孩子的乳名,土气好记,还蕴含着庄稼一样质朴的乡气。

认识它,是在一个初冬时节。田垄间,麦苗刚出土,远看嫩绿成茵。曾祖母与乡邻们乘冬闲到窑巷上收拾隙地。那里过去是砖瓦窑场，土里掺杂着砖屑瓦砾，难以复耕，成为乱墓场，也成了草的世界。曾祖母荷锄归来，她老蓝布裤管上，麻密地粘着烂黄的草屑，我与弟弟惊异地问是什东西，曾祖母平静地回答：虱子草籽。

阳光温暖地涂抹在门槛和土场上，曾祖母坐在屋檐下的趴儿凳上，像捉虱子一样，很耐心地抽下裤管上的草籽，一粒粒放在身侧的芦箨箕中。这草质的东西，附着力居然这么强？我不理解一向风风火火的曾祖母哪来的那番闲情和耐心，这也许是母性间惺惺相惜。

以后我就关注它。这草籽两端尖，细如绣花针，米粒般长短，挤集在一只小小的托盘上，虽为草质，极韧性，叮在裤子上轻易掸拂不掉。

这是一种苦难的荒草，田头地角是不容它站脚的。它长在荒冢、河坎、野荡等人畜罕至的荒野，它的存在似乎只是为填补那里的荒凉和孤寂。那里自然界的生存法则照样毫无遮掩，时时考验着每条绿色的生命。草中也有"霸主"，例如，叶边缘长着芒刺的刺雁草、茎叶锯齿状的割轮藤，能把人的皮肤蹭出道道血痕。割轮藤肆意爬牵，在众草冠上恣肆成如盖的一片，独占阳光和雨露。在荒恶的境地里，虱子草常常以简约的方式生存，草梗似惜墨如金的简笔画，不多叉一枝，墨叶疏朗，像村妇节俭的衣着。一身简装，让它挺过了夏阳的炙烤和干旱的煎熬，终于摇曳在秋的金风里。

秋天孕育着春天，她的怀孕期是整个冬季。虱子草也许想让它的孩子们走得远一些，再远一些，因为走的路程越多，走向肥沃的概率可能越大，生存的天地才可能越来越宽。这是一切母性生命的本能和天性。可是上苍没有赐予它的种子得天独厚的蒲公英式的绒伞，也没有赐予能附骥鸟腹远走他乡的色香。它只有用原始的近似无赖的方式,让子孙们死死地附着在人的衣服或者动物的毛皮上,来传播它的后代。一棵再平常的草,也是一个情感的世界。这种充满辛酸的繁衍,把母性的痴情和大善表现得淋漓尽致,加深了我们对大自然的崇敬和向往。天性善良的乡亲们,把它与吸血的虱子相联系,其实仅取其形,并无贬意。

今年清明节前到临江去扫墓,在老祖们墓地的荒草丛里,又见到了这种草,干枯的草梗上草籽还没落尽。我不顾妻子的劝告,有意从它身上擦过,让草籽像虱子般叮上裤管,让我再一次被它感动。

冬　日

　　立冬、小雪、大雪、冬至……地上的阳气被这一串冷面的节气
一点点销蚀了，冬天就这样被慢慢铺垫着进入了季节深处。冬至
数九，有棱有角的寒天来了。俗话说"冷天年年有，不在三九在四
九"。寒气常常趁着夜色，在一扇扇窗户上雕刻出神奇的窗花，它
从门缝窗缝檐缝里钻进来，把带着水分的毛巾和抹布无一例外地
冻成硬邦邦的"鱼干"。寒气潜藏在水里，水不再是菩萨心肠了，针
一样刺人。缘着节气的滑梯一节节滑下去，滑过一个个一呼一道
白气的清晨，说不准哪一天就踏进纷飞的大雪里。

　　水清瘦清瘦的，沟帮草入冬就斫清了，沟床光洁得像刮净胡须
的汉子的嘴巴。瘦水边兀立着几杆芦苇，站在脚踝深的水里，像一
个个苦行僧人，凄凉又不失风骨。这样的瘦水里再映上半轮清寒
的上弦或下弦月，风一吹，闪着干将莫邪逼人的寒光。北风像无业
游民，又像个粗犷的骑手，它一路打着呼哨，纵马在空荡荡的田野
里恣肆地奔跑。沟边或隙地上赤条条的野树，十分惹眼，这乡野的
流浪汉，闲散而孤独，风一来，呜呜地跟着起哄，桠枝间孤零零的鸟

窝摇摇欲坠。麦田一直铺展到视野的尽头，阡陌和田塍把它整齐地分隔成长方的块，一行行冬麦间夹着冻得发白的土垄，像铺着一床床条子布的床单，就等瑞雪来盖被子。

四野瘦出了骨感，房屋却臃肿了。入冬时晒干的豆秸、棉花秸、玉米秸，还有芦苇荻草整齐地捆成捆，被外祖父一个挨一个，紧贴在外墙壁上，腰间用一根辫子般粗的草绳牢牢地码好。屋子像穿了件冬衣，暖和多了。秋收冬藏，堆房里，大大小小的坛子一扫开春时的颓意，贮满五谷杂粮，也盛满生机和底气。六月白、羊眼睛、牛踏扁、红毛大烟青这些不同品种的黄豆种，还有其他各类种子，被外祖父悉心地存放在一个个小巧的坛子里，坛口上画着只有他自己才能辨认的标记。先前，这些不同时节的农作物长在的田间，像轮岗似的各自茂盛着自己的季节，难以碰面，现在终于聚会了。慵懒的冬阳从天窗里探进一根光柱，像伸进来一只温暖而深情的大手，慢悠悠挨个儿抚摸着屋里的坛坛罐罐。春的雨，夏的汗，秋的风，终于凝结成这可抓上手、兜进兜、贮在坛的收成。

堆房是外祖父最爱来的屋子，其实多半什么事也没有，他蹭进来只是打开坛盖，抓把稻谷、豆子看看，然后再把坛盖子盖盖好，或者走到墙边，把倚在墙壁角头的锄头、钉耙、捶耙、铁搭扶扶正，让它们有个好憩姿，趁冬闲好好休养生息。大多数时候，他什么也不做，只是到堆房里走走看看。堆房里光线很弱，人从明亮处走进来要稳一下，待视神经调整好了，那坛罐等家什和农具才一样样显现出来。外祖父用独特的嗅觉透过芦笆杖腐朽而阴冷的气息，闻闻他钟爱一生的谷物干燥的清香。"好年成"不再是外祖父和外祖母脑海里的想头，已经变成有形有色有味的实实在在存放着的谷物，化为每日灶膛里欢跳的火苗和锅里蒸腾的热气。这是一年中离温饱最近的时候,连人心房的跳动都是欢实的。天窗口阳光温和又耐心,像是永远定格着,只有大冬天才有这么多安闲而恬静的时光。

冬日再清闲,勤快的农人仍表现出劳作的自觉。阳光温煦的日子,外祖父会坐在太阳下,在筛子前一粒粒挑拣种子;把铁质的农具拿出来再擦一擦,在刃口上抹点舅舅修织布机丢下的废机油防锈;把泥畚箕上再搀几根新竹篾加加固。土地就是他生命的全部意义,冬田里没有什么农事可做,可外祖父还是要趁晴朗的天,扛把锄头到田头转转,哪怕是锄去一根细小的杂草,把一块滚进田塍的土块捞回到原处也好,或者把盖在菜田上保温的被风吹乱的稻草重新盖好。这些事,都是在从容悠然、不慌不忙中完成的。庄稼们都贴在土皮上蛰伏着,离春气萌动的日子还远着,凡事都可悠着点。就连天上的那轮冬阳,也是不煴不火地耐心地散发着热量。

只有滴水成冰的日子,外祖父才真正闲了下来。土冻得铁实,冬阳当空,冰冻的田地又消融成一片泥膏。这时候,他才舍得穿上那件半新的黑棉袄,腰间系一条老蓝布围裙,双手拢在手管里,雕塑般静坐在门侧的竹凳上,眯缝着眼睛晒太阳。布满褶子的脸庞就像晾着的田垄,安静地积蓄着太阳的恩泽,细细体味着照了他几十年的这个火球的温情。机灵的小黑狗乖觉地蹲在他身旁。白亮的日光涂满该涂到的地方,门内黑,室外白,人畜黑,光照白,古典而深沉。那黑黢黢的门里,咸菜、萝卜干、卤腐都腌熟了,米酒也淀得清汪汪的了,猪圈羊栏里家畜们正在长膘。

顶着凛冽寒风,不知从哪里飞出一只五彩的野鸡,扑棱棱飞过小河,钻进了草堆里。冬天的日子,就像场边老柿树头留着看树的红灯笼柿子,安恬、清静、多汁。

秋 野 小 渠

　　漫步田园间，根深蒂固的乡土缘，使我仍像个农民。一路上，我喜欢从田间庄稼的长势里估摸今秋的收成，按时令推算推算离收割还有多少时日，当然更带着重逢的亲热。我想能找到一片还在冷露着的瓜地，地里瓜叶寥落，叶的边缘枯卷，在有秋虫低吟的草丛里，遗落下一个成熟的瓜，哪怕几个瓜瓞也好。要不就在收获过的番芋田里，在被秋阳晒得发白的泥疙瘩中，露出果实的一斑，搭开土，搭出一个田鼠般肥硕的番芋。

　　路边草丛里，豆娘们嘶嘶地鸣出秋凉和婉约，亮铮铮的阳光铺在平整的稻谷上，成行成排的豆棵上，一直伸展到视野尽头。头顶一只叫天子应和着鸣叫的节奏，一起一伏地劲飞。农舍远远近近，顶着秋光，窝巢般温暖。乡村无声，田园好静。

　　我散漫地行走着，所企盼的并没有出现，不在意脚尖竟踩进路边一条小灌溉渠里。这条灌溉渠太窄，只有一步宽，路基作岸，岸边和渠底长满乡间叫黄猫尾子的杂草，草叶草穗披离，小渠隐在草丛里缘土路边流过，不细心真的觉察不了它的存在。叶蓬下满渠盈盈的水,透过草叶的罅隙细瞧,水在不紧不慢地流动。草梗分开水流,每根都划出 V 字形的流线,水面时有漂浮的草屑匆匆流过,如大忙季节村民的脚步。清凌凌的水弯弯扭扭,流进了不远处的一片秋光灿烂的稻田。有了源源不断的滋养,稻子怕是有傲秋的想法,草质的杆旺盛出钢性的观感。稻子纷纷垂穗了,饱满的稻穗垂挂着珍珠般好看的谷粒,每粒都包含着一个成熟的梦。秸、叶、穗浑然一体,像一块块绿底黄梢的立方体。

祖辈们对来之不易的稻米有量化的解释:一粒稻谷要三斤四两水。这一片稻田有着难以数计的谷粒,要饮多少朝露,要吮吸多少渠水。这条不起眼的涓涓小渠,整夏整秋忠实地流淌,要不是亲眼所见,真难以相信它能哺育出这一片秋光。

前面有一户人家,场上搭着花帘楞,晒着一帘黄玉米,我觉这一帘黄灿灿的颜色汇集了无尽的乡情秋韵,于是走上前用手机拍了几张照。一位老哥走进家门主动跟我打招呼。我问他:"路边这条小灌溉渠是不是你家开的?"他说:"是几家合的。"我又问:"稻快收了吧?"他说:"对。老古话,闰年不种十月里麦。"

说说,他的话匣子就打开了。他告诉我,做渠不能铺排,要尽量减少成本。一亩一般收千把斤稻,稻谷卖一块四角五一斤。忙了一夏一秋,落不到千把块钱。

接着,他扳着指头细算给我听:一亩地打农药要用去一百四五十块钱,下化肥差不多也要这么多本钱。耕地做水田要用七八十块,小秧请人一拔一莳要七十块,秋来农机收割费又是七十块。

"田不好种呀!"他指着稻田边的黄豆说,"你看,这水黄豆,到如今角儿还是瘪兮兮的,不得饱满了,结的白角儿,像跟人说了大谎。"他农民式的幽默,逗人发笑。

接着,他又转了话题说:"种田就靠土吃碗饭,不能算细账。"听得出,他说这番话是在自我调节。我不由仔细打量起他来,他跟我的农民亲友一样,一脸红糖皮色,那是太阳下、泥土上特有的肤色。

告别了农户,我缘渠走过去,在一条小河边找到了它的水源。其简陋不出我所料。一个方不盈米的水泥池,边壁粉刷粗糙,黄沙下脚裸露。潜水泵管从河床蜿蜒潜入池内,河水在池里打个旋,溅起些许水花,便顺着洞口流进小渠,然后就悄无声息地潜入田间。小渠把自己交给了坦荡如砥的田园,融为田园间的事物,就注定它的一生是平静和寂寞的。因为厚实而平坦的土地上一切成长都与喧嚣嘈杂无关。这条简易的小渠也许秋后或明年会因耕作的改变被拉平而消失,但是流过了夏,流过了秋,便不枉然。

一个偶然的机缘,让我认识了这条小渠。它就像乡村里一个灵慧的哑巴,不会发声,但我关注了它,认识了它,它就用一渠的情感,设置了许多生动形象的细节,向我描述,向我传递田园深处内在的精神。

第四辑

　　春天，我们为雨过蔷薇花瓣凋落忧伤过；夏日，看太阳天天为石榴着色好奇过；当我们眼馋坠枝的熟果时，中秋月满了。那一树红殷殷的石榴该出闺了。我想，只有月亮娘娘才配享用这样的好果子。

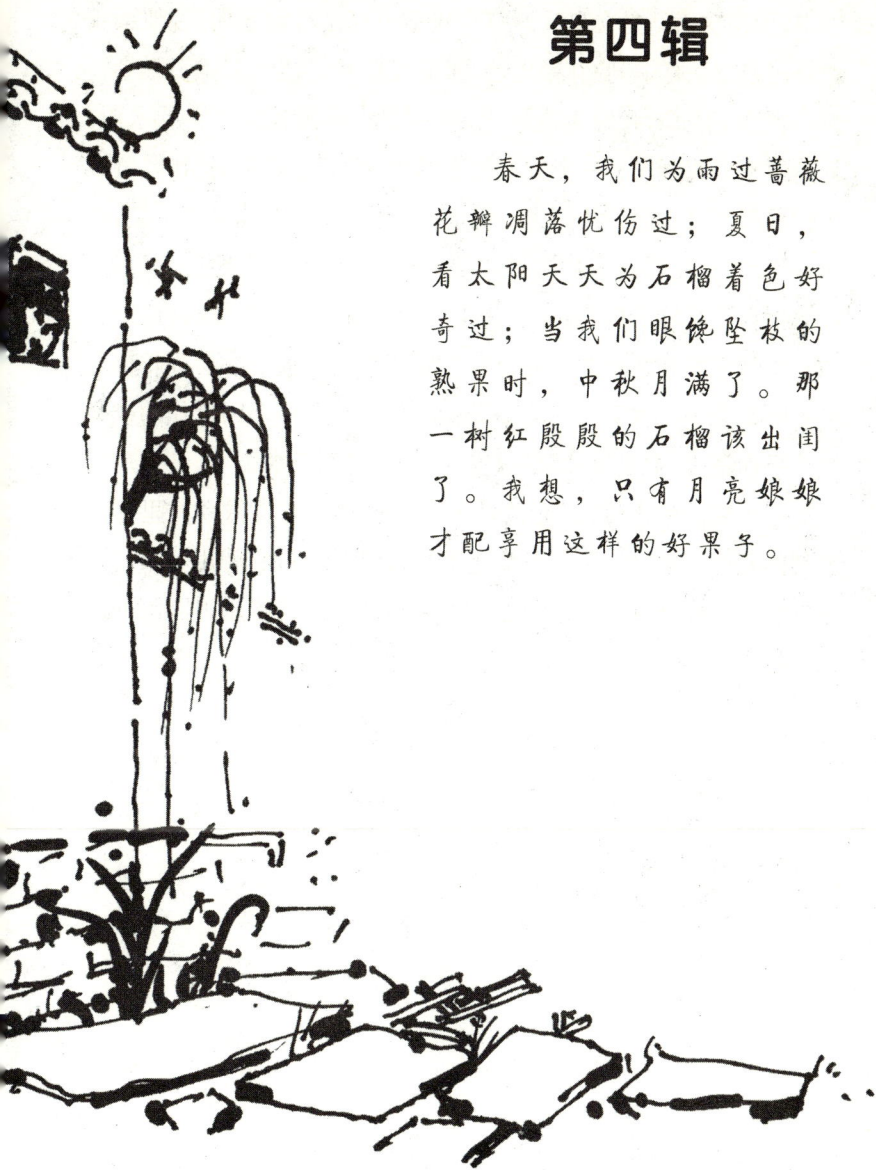

三　道　墙

　　说是墙，其实是一道篱笆，但又实实在在地起着院墙的作用。房子依水，那水有好看的形状，像眉月；有温暖的名字，叫园沟。这道篱笆墙由丛生的蔷薇互相缠绕、相互攀援交织而成，从房子的后角流线状顺河坡伸向水边。篱墙带几分规整，又不乏天然野性。透过叶的罅隙还能看到快要朽在岁月里的树膀子，粗粗细细的立柱横档，是最初支撑蔷薇们攀高的骨子，又是它们成长为墙的向导。此外，蔷薇就按自己的脾性率性而长，茎条上簪着硬刺，长长短短的，戳了手，阴痛。叶墨绿，边如锯齿。春天，一场春雨，一批花骨朵儿，深绿的花蒂半包着圆溜溜的红骨朵，叫人想起贵夫人纤指上的宝石戒指，整体看又像是一串串小铃铛。花开，紫红。春阳当空，明晃晃的；花香浮动，暖烘烘的。深红浓绿，老气了点，恰好与平和的乡间相吻合。这篱墙和水围出了一个后园。园里，长着三五株果树。园主人算得上半个读书人，家里藏有线装书。为人方而不圆，书不示人，园从不让人轻易入内，更不要说孩子。我们只能临水远看，隔篱相望。那园里确有珍果。十里八乡人家，园前屋后长的多是桃、杏、柿。这园里独有株老石榴,干枝苍老而遒劲。五六月里,篱墙热闹了大半个春天,刚平静不久,石榴就粉墨登场了。绿叶间倒挂着钟状的红花,鲜得惹眼,叫人怀疑太阳是不是偏心眼儿。树老了,每年挂果不多,可那果,红出富贵相,还撅着瓣状的抓髻儿,像是有人用刀均匀划开后剥开了一点皮尖尖儿。偶尔有果长裂开来,咧嘴傻笑。隔着篱墙,我们想那酸甜的汁水会不会从裂口里流出来,那密密麻麻的石榴仁儿可是奶奶说的美人细齿呀。春天,我们为雨过蔷薇花瓣凋落一地忧伤过;夏日,看太阳天天为石榴着色好奇过,当我们眼馋坠枝的熟果时,中秋月满了。篱笆墙根和叶底又是另一番热闹景象,秋虫的鸣叫有月光般的光芒。那一树石榴该出闺了。我想,只有月娘娘才配享用这样的好果子。

第二道墙也是有花的墙。一丛木香攀上了水泥墙头。木香把"花海战术"发挥得淋漓尽致。花小,可千朵万朵簇拥着形成气势,雪白一片。朵多势众的花香十分浓烈,带有几分青渣味,如同母亲劳作归来身上的汗腥气,是种贴近平凡生活的味道。要是没有这丛木香,这墙一定淹没在众多的墙里,没有个性,更不要说灵气了。那墙是俗称的"赤脚黄沙"墙,裸露着米粒大、绿豆大的沙粒,昏暗的黄,刚好衬托出墙头上的鲜亮。像灰头土脸的村汉,背着一个俊俏无比的美人儿。又好似墙院里"水漫金山"了,白花花的水从墙头上溢出来了。又像是搭在人肩头一条花围巾什么的。总之,给人好多想头。撇开木香,单看那墙,一墙憨态。憨架起丽,组合出一道耐人寻味的生活景色。

还有一道墙就在我们小区对面,我日日从墙边经过。快要倒闭的工厂,一厂的不景气也流露到围墙上。裸体的杂砖墙,红砖、青砖、水泥砖,如今都市里不多见了。在周边小区都是铁艺花墙的时代,我想,它肯定盼望着什么时候能像其他墙穿上件好看的外装。墙里自成一隅,好久没有声息了。散步时路过,老想捕捉点墙里的动静,猜测墙里的世界。同样占着一块阳光和月华,同样承情着雨露和清风,不可能没有一点声息吧? 先是爬山虎探出了墙头,春夏里一墙头的爬山虎,支着繁盛的绿叶,从东绿到西,组成青色的长龙,像是给墙镶上道装饰顶。墙里一间四方的二层楼房顶和四周也爬满了这种植物,成了绿色的立方体,让人想起多少前年读过的一篇小说《爬满青藤的小木屋》。墙里几棵清瘦的老树在冉冉绿叶的烘托中,看样子也打起了精神。此外,似乎再也找不出新的生机了。

初夏的一个下午,我从墙边路过,忽然看到地上点点紫斑,儿时的记忆告诉我,这是桑葚掉在地上被踏轧出的斑点。我惊奇地抬头望去,爬山虎浓密的叶丛上方,有棵细桑树,从老槐树的腰间,顽强地弯出墙来,避开老树的阴影,追寻着墙外的阳光。枝上垂着红的、紫的桑葚。此前桑树就存在了,不过没有出墙,或是出墙了没有结果,我没有在意它。今天它用地上紫色的斑点告知它的成长和存在。城市人工的绿地上已见不到桑葚的影子了,在这冷落的墙根居然还残留了点原生态。算算正是小满时节,农村里,麦子正上场,嫩绿的稻秧正待栽插,一树树枇杷正摇着金色的铃铛。

平生,走东奔西,独独记得这三道墙。

秋天的合唱

不知是哪一场雨,哪一阵风,就把我们带进了秋天。秋来,虫声四起。草地里,灌木丛,好像驻扎着千军万马。还记得,鸟鸣把盛春的风景占尽过,蝉歌把仲夏的枝头唱热过。现在,该这秋的歌者纷纷登台开唱了。你驻足细听,单个的叫声是微弱的,但成百上千只汇集起来如雨点一般密集。有无所不在、包罗万千、汪洋恣肆的气象,叫人油然想起银河系闪烁不尽的繁星,想起"车辚辚,马萧萧"的出征场景,甚至想起"百家争鸣"的春秋年代。

秋夜,我拉开前窗,楼下绿地上的虫鸣有如清风明月掮窗而入,常与我撞个满怀。那是块很经济的绿地,日常缺少养护,颓败荒气,虫鸣声声让它陡添了许多生机。那唧唧嘈嘈的嘶鸣,有的清亮,有的深沉,徐疾抑扬,和善又和美。让人觉得每一声鸣叫都透着秋意、星光、露气和草色,当然,还有毫不掩饰的快乐。只有无拘无束、抛弃烦忧的生命,才会制造出这般自由自在、热闹非凡的小世界,张扬出丝毫不羁的个性。我不知道这些弱小的生命,哪来那么多的热情,不管处身的草地荣衰疏密美丑,也不管冬寒什么时候悄然逼来,生存着就要放声高唱,哪怕生命只是昙花一现。恍惚间,我觉得下面的草地是一个不规则的乐池,我在四楼上,好像坐在包厢里听一场关于生活的演唱。不,这草地应该是民间,就像是北京的"天桥",是民间艺人杂耍的地方。如果说,虫们是在演唱,至多是在唱大鼓或说评话,甚至是在唱道情、说利市。说的唱的,是来自草根生命本能的需要和真性情的释放。听过它们的说唱,明天,那些原本看得很重要的东西,也许并不那么重要了,因为生活着还有一串更重要的音符——自然自在;明天,那些原先为了欲望和顾忌而刻板的行为方式,是不是可以来得率真和性情一些?

这是怎样的一群生灵? 它们没有金铃子、金钟儿什么的尊容和名气。白天,我到草地上寻觅过它们的踪影,透过草缝,窥视过它们:黑褐色,绿豆般大小,像是迷你型的细蚂蚱,再卑微不过了。可是你走近它们,细听它们的浅吟高唱,你会感觉到渺小或伟岸并不完全是一个体量意义上的概念。

其中,有三三两两蟋蟀的鸣叫。有一只蟋蟀的叫声很个性,好像远处体育场上老师带学生出操有节奏的哨子声。还没有入秋,夜晚,就听到一只蟋蟀在草地里叫,清幽,孤独。透过暑气,我敏锐地感触到这是秋来的预兆。古来有"促织鸣,懒妇惊"的说法,蟋蟀是被祖先们注册进农耕文化的家虫。现在它们已不能像古人说的,在野,在宇,冷了就入我床下。这不能怪它,是生活改变了我们,我高高在上,床下是冷冰冰的硬化的水泥裹着沙石。"白露身不露","秋分"都过了,可它们还在冷露下夜夜为我苦鸣着古老的秋天。

我常常想,生活到底是什么? 生活该是一些入情入心的真实细节。一个个虫鸣的夜晚就构成了我真真切切的秋天里的生活。

我曾经在一个没有月光的秋夜，到城乡结合部去听草丛里筒管娘儿叫（叫声像做筒管的手摇车转动的声音）。那才是真正的黑夜，暗得纯粹，暗得静谧。都市灯火里我们视网膜长期接受的是亮感刺激，黑暗给双眼带来有张有弛的快感。路边，黑魆魆的夹竹桃后是荒草，那里好像架起好几辆手摇纺车，呼噜噜飞转，一个个勤劳的村妇正熬夜赶做筒管。田园幽邃，带着几分深不可测的诡秘。豆棚瓜架上瓜豆和花蕾模糊不清，织布娘娘（叫声好像脚踏布机织布声）开机织布的声音却很明亮：轧织、轧织、轧织，先是试机七八声，然后就嚓、嚓、嚓……经久不息。我不由感怀这些绿衣、绛衣精灵的鸣唱。人类可以通过多种艺术手法再现生活，它们也能以自己独特的方式创造、再现饱含远古气息的农耕生产。当然，这只是本能，或者说带着人臆想的色彩，但是我们不能漠视它们那份源自本性的对秋天的执著。你静听，这鸣叫不是应景的，它是秋最自然的原声，是秋天必然怀有的一部分，同土地上棉花白、高粱红、柿子黄这些秋天的原色一样真实可爱。因此，秋才成其为秋。

秋高露寒，人们忙着添衣裳了，可鸣虫们还在风天露地里痴心不改地争鸣着它们的秋天，把本就斑斓的秋色鸣叫得越发深厚。

春　　意

　　飘过小雪大雪，历尽小寒大寒，板了一冬的土地，终于露出了笑脸，这便是春意。春意，一个多么丰盈的词语，那是金色阳光与银色雨露调和出的一地碧绿，是一丛丛笑过南坡笑北坡的花儿，是钵盂形的鸟窝盛不完的枝头情话……

　　打春了，带着这样的预期，我总想在第一时间感受到春意，猛然间与它来个照面，让它把我一春的激情点燃。雨脚刚收的早晨，我撩开还赖着寒气的窗帘，一抬眼，春意跨上我家阳台了。去年秋天栽在花盆里的那丛青葱，摆放在晒衣架的一角。一冬，它为我们顶风浴雪的日子添加绿色的滋味。不过，总是掐了的多，补员的少。葱根周边奔拉着枯朽的叶，还有掐去葱杆后残留下的一个个枯黄的小圈儿。绿着的，不是被冻枯了叶尖，就是东倒西歪着。一夜细雨，像施了什么魔法，细细的葱杆如同刺猬的针刺，挺起精神来。看看窗外，树木花草还没有恍过神来，春离我们还远着，这盆青葱像高人的一声咒语：冬寒，请你让开吧，东风艳阳就要来了！又像是一个宣言，关于春天和生长的宣言。春在萌动了，欣然打开窗子，一阵风夹着寒气吹来，我懂，这冷风已是春天的前奏了。今天，我要是吃下几根葱段，一定会吃下去这些关于春天的元素：博大和生长，温暖和明媚等等。再细看看，厨房窗外不锈钢架上的塑料盘里，一棵搁在一次性杯子上的洋葱，咧开嘴，吐出几片墨绿的叶尖。在背阳处，悬空着，那圆鼓鼓殷红色的洋葱根，居然也顶出一点春意。母亲说，打春一日，阳气三分。这土生土长的葱蒜们总是实心实意的，有点还飘忽着的阳气，它们就这么灵性地感动起来。春到家门，是桩喜气的事。

在博客上看到一组题为"春光"的照片，那是原生态的实录，一群村小的孩子们以班级为单位站在教室前、土操场上，自在地放声诵读歌颂春天的诗歌，迎接春天。他们朗诵的是"草色遥看近却无"，还是"处处闻啼鸟"？围墙外，坡上的树还赤条条的，但头顶的太阳分明静静地暖起来了，孩子们脱去冬衣，以杂色的内衣作春装来渲染春的和暖。我觉得这是一群有福的孩子，因为他们成长中的这个春天被教育智慧的光芒擦亮了，那可是个乡土气息很浓的春天。透蓝的天空，会不会有鸽哨掠过？嘤嘤嗡嗡，像撒传单，把春归的消息撒在料峭的寒风里，撒在初醒的麦垄间。田间，是不是有耕牛正辛勤地春耕？闪亮的犁头，把冬翻进松润的泥浪里，翻出满畈满畈的春意。菜花盛开的日子，小河被倒影染成金黄，会不会有一只蜜蜂飞来？在屋里哼着春歌，像要寻觅什么，嗯嗯嘤嘤，音韵绵长，像老奶奶纺纱永远扯不完的纱线。空气里掺和着阳光的香和花儿的甜，春有说不出的安静和美妙，轻易就把人灌醉了。就这样边浏览，边联想，心里暖洋洋的。

春意，从草色遥看，到姹紫嫣红，再到飞絮蒙蒙，深浅浓淡，都是大地的物语，向每一个与它相通的心灵叙述着什么。楼下绿地

三塔谣

上,那棵白玉兰开了,它开得早,谢得快,开足了,一场雨,一阵风,就落英满地。我总把它看成是春天的一个邮差,用一树圣洁醒目的白,送来春的消息,然后一转身匆匆地走了。我晓得,垂丝海棠要开了,濠河边的碧桃要开了,路旁的樱花和紫荆也快开了。怕它走得太匆忙,那天特意走到树下,吊下一根枝细看看,枝头的花朵一倾斜,居然倒出一小盅晶亮的雨水。花瓣有玉的质感,瓣尖向外翻卷着,水就是沿着这样唯美的花瓣流下来,洒在我的脚下,那是多么感人的一瞬间。这一树玲珑圣洁的酒杯为谁举起呢? 恍惚间,我觉得它不只是一树花,它表达着这个春天和沐浴在春光里所有生灵的心愿。我想,这些天真的细节,才是春最本意的部分。

有一天,路过开发区,看到路边的两排白杨,才手腕粗细,可它们很懂得组织自己的春天。泛着淡青色的枝条直挺向上,新生的嫩叶三三两两地附着在枝条边,遒劲的竖线和柔嫩的圆,构成简洁而明快的图案,初升的阳光铺张出暖色的背景,光芒从枝条间照射过来,这是一幅多么感人的天然装饰画长卷。我想,每一点春意都是大自然的气象,更是天地间生命的写真。

荻 花 白

深秋,该收的都收了,绿地上唧唧的虫声让寒霜收走了,孔雀草和野菊们热热闹闹的气氛让向南回归线搬家的太阳搬走了。秋老了,显得干巴巴的。我走过文峰桥,忽然看见桥东的河滩上有几团秋风里飘忽的白朵儿,样子像荻花。我走下河滩,顿时心头一热。一丛荻花,暖融融的花穗轻拂着,把白亮的阳光掸落在河滩上、河水里,也掸进我的心房。

感动,又有些歉疚。"所谓伊人,在水一方"。它在冷寂的河边苦守了一个长夏,只为秋天的来临激情燃烧一把。我每天从这里经过,怎么没有多给几个理解和赞赏的目光?它太弱势,还是城市太多的靓物鲜事弱化了我们关注平常的视力?花花绿绿的都市生活里,存在并不等于事实。与它信息对称的心灵需要怎样的纯稚、平和、宁静,还有草性和悲悯。

城市是讲究存在秩序的,河岸垒着高出水面尺许的石驳,沿石缝用水泥勾出的凸线连成几何图案。这里是濠河的出水口,开闸,水在喇叭口里守秩序地翻滚出来。滩上人工栽种的麦冬草,茂密的条叶整齐的垂向，像理发师吹出的发型。荻花从麦冬草丛挤出一点锥地，像"棚户"凄苦地生存。茎细穗小，叶也挑不出长长弯弯的弧线，仿佛占了别人的地盘和阳光而知趣识羞。不过，它还是坚定地长出自己的状态，六枝花穗有层次有疏密地举起，最高的那根许是为了挺出生命的高度，也许为了挺出高高低低的层次，硬是从旁边一棵小树的枝间探出头来。摇着秋的老成，飘着霜天的空寂和凄美，还有一年长事已了的安然。

不由想起台湾画家蒋勋先生的谈美感言："最微小的努力可能是最大额的救赎。"城市缺少季节的表现力。季节变换一旦落脚在温差里，就像手机上传递的短信息，找不到温热熨过心头的感觉。一个孩子问妈妈：春天来了，电视里会不会告诉我们？读完这段话，心头隐痛，为无辜的孩子，也为自然生活的失落。这丛散乱的野荻草，唤起我多少秋天的感觉，就像儿时夜间到大片的麦田里侧耳静听麦苗拔节，啪啪几声，就让我们心中装满了春天。

有一位老者也常来草边垂钓。这里水质不太好，钓的尽是些来戏水的小芦花鱼，小指头大。他居然认真地养在一只红塑料桶里。老人戴着简约的帽子，那帽子只有帽招，靠两片连接件扣在后脑。秋风摇动荻花，吹动老人头顶露出的花白头发。冥冥中把这片河滩的秋色组合得如此多味。

于是，这个秋天常带着与荻花有约的目光，敏感于有穗的植物。一次，在绿地里看到一片穗花，颜色土灰，问问搞园林的人，那不是荻，叫无芒雀麦。荻花、芦花是属于乡土的，到乡间去看看吧。

初冬了，没有寒意，季节倒像停滞在秋天。远近的村树沉默在霜天里，瘦削的形，疏朗的影，不再叙述生长，只有辽阔无垠的大静。我懂，这缄默和停顿不是空白，是迎来下一度春风必需履行的程序和手续，也是该拥有、该展现的过程风景，不可省略。

弯弯的河边头芦花耸起道道乡村风景，灰白，灰的成分很重，也许我们错过了芦花飘白的时节。有的人家芦苇收了，苗条的芦秆细高，节长，倚晾在"大刀片"砌成的空心围墙上，楼房外表装饰很现代，感觉有点不般配。照理这些芦苇要搭在黑白分明的山墙边，或搭在古朴的瓦当上。也许，我的想法有点古董。

洼地水枯了，成片的荻花正白，远看，像大地哈出的一口口热气。殷红的荻秆箬壳、颀长叶的铺出舞台，让荻花放歌。毛茸茸的大穗头，蓬松、柔软、温暖，一致地仄向一边，那是风路过的痕迹。扯一根对着太阳看，穗条上细长的絮绒相互交织，织成一片朦胧虚幻的图案，恍入梦境。

风卷起枯叶味打开我鼻腔的记忆。这枯香近在脚下，远在岁月深处。它从沟岸草新斫的河岸边扑来，从寒冬拥在房后的草捆里散来，从瓦蓝的天上那摇头摆尾的"芦花鹞子"（用两支荻花或芦花穿在豆腐型的纸上做成的简易风筝）上飘来。原来，那些秋天并没有走远，每个场面都浓缩在这一阵阵带着泥土气的枯草味里。

荻花是绿色生命凝聚成的高级状态，超越了衰老，不会轻易腐去。折几根吧，秋天好收藏的东西很多，但多数是散文式的收藏，几枝荻花才是"诗"。把大自然秋天口占的诗，揣回家里，收存在心室，即便没有风，也能听到大自然美妙的歌唱。

鸟　　影

　　窗外,阳光静好,让高大楼宇裁剪了的天空,有几粒黑影一闪而过。那是鸟影。窗给我有限的视野,没看清它们飞的姿态,更没来得及数清它们的只数,但瞬间的掠影分明流露出轻盈和流畅,当然,还有自在。

　　飞翔在水泥丛林,没有山谷湿地里沁心爽目益羽的生态和野性,但是适者生存的自然铁律造就了它们的超然。那天,我站在楼后,忽见一群影粒从高楼顶直抛而下,划出一道好看的抛物线,翅膀拍动声清晰可闻。当我看清是鸽群,那抛物线又扬上去,飞越了下一座高楼。敏捷流畅优美的剪影难以用语言形容。鸽群大约有十来只,飞得如此整齐划一,像训练有素的飞行表演。这是一个飞行大队啊!它们起飞降落低回高翔,心心感应,身身默契,浑然一团,看不出分毫抵牾。这一切来自于每个个体高超的飞行素养和高度的合群精神。

　　是自由飞翔的翅膀,给了鸟儿生命的底气和高贵。展翅万里云空,也就展开了生命的特长,享有白云的高洁,获得清风和雪花的待遇。累了,就滑落栖息,像百花仙子撒下的一把花籽坠落地面,即刻开出一片叽叽喳喳兴奋的花朵。所以,鸟,才真正称得上天之骄子。

一个夜晚,我看见一只鹭子,掠过夜空的树梢,长长的翅膀拍打着苍茫孤寂的夜色。那是双经历过大世面的翅膀,海啸浪崩练就了它的强悍,划过陆地黑夜平静的空气,依然那么稳健有力,惹得树头微微颤动。就像一名军人,不管何时何地都保持着军人的气质。我不知它何事飞到离海几十里的地带来。它是孤独的,像卓尔不群的游侠。正是这种孤傲和冷峻感深深打动了我。大智往往潜思沉虑,而不事张扬显摆;大勇往往独处默行,而不需藉群鼓众。因为它的路过,夜有了不俗的记忆。

乡间,偶然能看到青丝鸟儿(一种翠鸟)出没苇塘。它只有鸽蛋大小,但它鲜亮的羽衣绝对超群。背部和尾部宝蓝色,翼羽深青,还洒有蓝色的斑点。眼睛滴溜溜圆,相当机敏,再配上如矛的长喙,确实太漂亮了。它的出没给小河和苇塘增加了多少神秘。家乡有句俗话:青丝鸟儿吃了一生一世的鱼,还是丁点儿大。意在讽喻人不要过分尖酸贪心。人以鸟说事,与鸟无关。它只知以超凡的飞行和捕捉能力,给自己加餐,为生活添味,这便是鸟道。它迅捷如闪电,肉眼很难看清它捕鱼的整个过程。只见它双爪抓紧苇秆,斜倚在苍翠的苇边,机警地扫视水面。突然间,如箭一般射向水面,击出圈圈涟漪,等我再看清它,它已立在"禁止捕钓"的木牌上吞食它的猎物。食完,把长喙在木板上来回擦擦,晃晃脑袋,优雅地飞走了。水面静静的,两旁的苇丛静静的,好像什么也没有发生过。

动物界的移动方式不外乎走、爬、跳、游、飞等,我认为飞最经济,也最高级。只要不受惊吓,或嬉闹搏击,或忙于养儿抚女,鸟飞永远是从容优雅的。天地可为家,四围可觅食,有这么宽广的视

三塔谣

野,无须急什么,无须奔什么。祖父在世时,有一回偶然外出,跑了几块地方。到家,放下行李,他无限感慨地说,人是千变之鸟。早上我还在某某地方,晚上又到家了。其实,人哪如鸟来得自在,人的背负太重,鸟儿只背负空气和阳光。

所以,鸟儿真快活。今年大年初二,喝了几杯年酒,我坐在朋友家乡间小楼上,看看写写,很清静。楼后的树园子成了"雀儿篮",叽叽喳喳,似乎新年的快乐全在春气将要萌动的阳枝上。撩开窗帘缝细窥,一条两岸兀立着枯苇的小河隔断人迹,野树林成了鸟的家园。斑鸠、乌鹪栖息在稳实的横枝上,白头翁上飞下跳,喳喳争鸣,小巧的黄豆儿则喜欢住在树梢头的细枝上,让细风吹过,伴着枝条来回晃动,啁啾声声,与另一树头的同伴对鸣。要是它们一不小心,叫声破窗而入,蹦到了电脑屏上化为文字,我想,肯定比我写的要耐读得多。

一位女作家说,"流浪的鸟,会让任何一棵树享有新娘的光荣。"这么想来,树是有福的。我想,鸟啾枝头,还只是中等福,要是树头垒有鸟窝,便是大福了。这个编织在树杈间的枝草团儿,应该称之为鸟艺。是鸟儿灵性的见证,也不乏艺术灵感。我上文提到的那个小河边,有一棵弯弯的老榆树,全像两弯半的通派盆景,树头托着钵状的黑褐色鸟窝,成为这个村子最好看的树景。一个冬日,我走过一片水杉林。树叶都落光了,靠田边的几棵杉树上三四个鸟窝格外显眼。笔直的杉树像线条,点上高低错落的鸟窝,组成五线谱。这是大自然谱下的美妙乐曲,当然,也只有四季的风雨和灵性的鸟儿们才能弹奏演唱。

万里长天,有日月光华旦复旦兮地走过,有四季的风云流过,也常常会有鸟影掠过,在我们心头滑下一道道温热的划痕。

窗　前

　　窗通风透光,也透景。大千世界纷繁复杂,容易让人眼花缭乱,躁气浮心。窗为我们从大世界里分割出一个小视屏,视域有限,但也把许多东西隔在视线之外,世界似乎一下子变得简单多了。当人心力不济时,这是多好的处在。临窗可以远看,也可以近观;可以触目动心,也可以什么都懒得想,透口闲气,吹阵凉风。窗属于房屋,其实,你站在窗前,这扇窗也就成了你的心灵之窗。窗前有许多人生风景,有心者得之。

　　窗框如画框,只要留心,它会时不时为我们装帧出一幅居家生活的精美插图,唤醒我们心头无限的美意。"今宵便知春气暖,虫声新透绿窗纱。""窗含西岭千秋雪,门泊东吴万里船。"这些清新扑面的居家生活美感,是窗为我们铺陈出来的。而且这些生活景致是活的,四时不同。我曾经居住过的乡村小楼,一窗窗生活风光,生趣盎然,常留心间。那窗子是那时最时兴的木制条型窗,长玻璃从上到下,中间不设隔断,每扇窗的四角上还饰有蝠状的装饰。一樘窗有四扇。四时景色映窗,真如一组画屏。我看着春天这位大师,怎样在这屏上一笔又一笔描画春色。开始,小河对岸那槐树还是一幅水墨画,褐色的枝柯遒劲如铁。春天先是在枝梢轻轻点上一撮撮新头。隐隐的绿,无意争春,有参破天道的沉稳。几天暄透的阳光一渲染,就洋洋洒洒抽出枝枝羽状的叶。又过了些日子,那嫩叶间挂出一串串花苞,如一只只敛着翅的绿色小鸟簇拥在一起。当它们跃跃欲飞时,张开翅膀,羽翼在温暖的春光下织成一团团醒目的银白。家居的日子都被这甜润素朴的花味染香了。临窗读写或做家务,心情爽朗轻松极了。秋夜,开窗迎月,亮月儿在老泡桐树朗枝疏叶里半隐半现,含蓄得恰到好处。一团柔和静美的背景光,勾勒出枝枝叶叶幽暗的轮廓,这是幅天地大和大美的剪影。更多的时候,我喜欢一人独处,临窗与中天月儿对视,这种无声的对话,常常会生成一种神秘的默契。月上中天,人值华年,都应该是最亮最亮的时候。

很喜欢陆游书斋自题联:"万卷古今消永日,一窗昏晓送流年。"一是叹服诗人读书的硬功夫,二是感慨窗前哗哗的流年。窗忠实地透光,以晓开端,以昏作结,昭示着一天光阴的行脚。人一旦敏感于这些光照、光线的变化,自然会感怀日子的存在,岁月的更替和不再。村居记忆里,对新一天的感知往往是从窗棂开始的。晴朗的春晨,东天刚泛鱼肚白,屋后树园子里各种鸟儿啼春,交织成五彩缤纷的童话世界。祖父每每把我叫醒,唤我听那一园的好音,告诉我,那叫声尖溜溜的是柏树鸟儿,音拉得长长的是"安罗蜜舌"……似醒非醒中,我迷离感觉到,麻麻亮的光,已从豆腐格子似的窗棂透进来。笼罩着我的次白色的蚊帐,那对钩拢起蚊帐门的铜钩,床前的桌椅,影影绰绰。这一切构成了童年辰光对新一天刻骨铭心的感受。等"回笼觉"醒来,室内大亮,一束新鲜夺目的阳光穿窗透户,照在穿梁的立柱上,把它涂上了明亮又温暖的色调。光亮里还浮游着三三两两的尘埃,个个都很悠闲。临江老屋西头房间的窗棂共有十二块玻璃,左上角的一块角上裂缝了,祖父用铜钱状的纸,类似过去补碗的铜钉一样,次第粘在裂缝上,一共五个。阴雨天,抑郁而阴沉的光线,从窗子挤进来,地上因长年踩踏形成的瘤状的泥疙瘩模糊不清。窗外淅淅的雨声,嘀嗒出几分凄冷,我时常望着这樘有五个补丁的窗棂发愣,这一切多么切合童年的心情,孤独而忧伤。这心情有成长的迷惘,也有关于岁月的稚嫩的感怀。

窗前看风景犹如读书,一百人心中有一百个哈姆雷特。什么东西入目入心,完全是个人的"专利",是一个人的生活感受和心境等因素的条件反射。上小学时,我最喜欢透过东向窗子张望。那是大户人家的油坊改成的学校,窗格小,但打开窗照样能望远。课余,我们的目光穿过一垄垄葱茏的庄稼地,越过那条乡野动脉似的总灌溉渠,抵达远处。绿野上,浅灰色的苏联式二层楼房掩映在绿树丛里。那是三里墩师专,是我们老师的老师上学的地方。我们倚窗远望它,是看绿野气象,还是仰慕向往?有时觉得它离我们很近,有时又觉得离我们很远。如今我的办公室窗外,有音乐铃响,有琅琅书声,有到我这年龄段敏感的风景。我看着楼下绿地上一根拇指精细的小苗长成了树。以前,我要探到窗前,才能看到它的树顶。如今,我坐在办公桌前一侧头,那树冠就把盈盈的绿意送来,把风弄出的婆娑舞姿送来,那肥叶把日日从我窗前走过的阳光反射进来。还有,对面房管局大楼阴角上那一丛爬山虎,我在意它时,它刚从楼后平房顶上露出头,如今快要爬到六层楼的窗台了,如一道瀑布飞流直下。窗不停地为我变换生活风景,也映走了我多少人生岁月呀!

三塔谣

肩　　头

　　肩头，宽不过一拃，却是人最能负重的部位。体力活儿靠手，
也靠肩。手巧，肩拙，灵活的事情，找手；负重的活儿，肩来担当。
这巧和拙的搭档，让土地繁衍着无尽的生机和希望。肩是有力的。
二十出头，到一家工厂打工，见识过一位绰号叫"半吨"的人，给他
配个好搭班，他站后杠，能抬动一千斤的铁铸件，叫我们好佩服，幻
想着有朝一日也能练出这样的好肩头来。后来，这样的肩头没有
练成，倒是渐渐懂得了肩的负重远远不止于此，生活里有许多东西
需要肩来担当。在中国人的词典里，肩头就意味着承担。生命所
要担当的，都可以叫肩负。肩负阳光，也要肩负风雨。人是一座
山，肩应该是两道挺立的山梁；人是一棵松，肩应该是那迎风傲雪
的劲枝。肩头是一个人心智力量的化身，它能承载劳作的重担，也
能承担生命的负重。

　　我不是一个有自恋情结的人，但是，大夏天，打着赤膊，我喜欢
侧头看看或摸摸肩膀。锁骨的这一段弯成月牙弧，刚好形成扁担
宽的肩窝，把扁担横在软窝里，就不硌人，而且还有肩峰挡着，又不

易下滑,造物主把肩头设计得太好了! 这设计初衷就是要让它来承重的,让它最适宜挑呀担呀抬的。十七八岁,同一班小年青强身健体要汉气,胸大肌要厚,肱二头肌、肱三头肌要鼓,于是拼命练吊环、哑铃、石担子,而且有专门针对某块肌肉的练法。肩力似乎从来没有谁刻意练过,它是在生活的重负中自然磨炼出的。一根毛竹扁担,让一个个乡村少年青涩的肩头早早地掂出生活担子的分量。担起一对小桶挑水,挑着两只大篮装菜,同母亲抬着数十斤的粮袋去碾粮。开始,稚嫩的肩头被硌出一道道血印,不久就显出少年老成了,挑着担子,毛竹扁担颤悠悠的,有模有样了。到十八九岁,接过一根祖传的扁担,桑树的,或是榆木的,榉木的,岁月和祖辈的汗渍把它浸染成暗红色。那是条真正的扁担,搁在肩头,挑起一个劳力该挑起的担子。万事开头难。有的身子骨还不粗,个头还不高,用土话说肩膀担仄了。熬出来,挺过去,肩头就老辣了。一百二三十斤的担子,左右换肩,一路清风,一路号子,能挑几里地不歇劲。挑担、抬杠、扛物、顶撬、背纤样样都在行了。肩头的成长就是一个乡村少年的成长。

任何生命的存在都是以某些形式来实现的,肩头,是生命力量的一个重要表征。在旅游点上,我们时不时会见到挑夫和轿夫,他们用肩挑起、扛起风景中的又一道风景。我曾看见一对夫妻挑着两叠用麻绳络起的大方青砖,男人的那担明显厚些,挑到前面搁下担,回头再接女人,帮她挑一程。这么沉的担子,沿崎岖的山路登高,无疑是生命的苦役,但他们的表情看不到一点灰暗,相反,女人见到人,汗水纵横的潮红的脸上堆满微笑。肩是物流行业的源头。岁月的底片里,一定还能洗印出杠棒工人的身影:那两掌来宽的长长窄窄的跳板,连贯着船帮和河岸,或者地面和粮囤、货堆,形成二

三塔谣

三十度的坡度,两个工人抬着几百斤的货物走过跳板,板应和着响亮的号子上下颠动,就像激动的心跳。抬杠还有四人、八人、十六人甚至二十多人抬的。十多人抬,要运送的货物相当沉重。粗犷的麻索,结实的横木,一根根杠棒套在横木上的绳扣里,显出雄浑之势。抬扛人个个像出征的壮士,场地的气氛显得凝重。在为首的指挥下,担上肩,人弓腰,他领头一呼,众人齐和,重物就离地了。一路上激昂的号子,气冲斗牛。

　　我见过在土地上耕种了一辈子的人,老来仍用肩头表达老骥伏枥的壮心和生命的顽强。邻居老赵八十多了,还挑着粪下地,当然只能挑大半桶了,挑过几垄田就要歇个劲,更没有当年能喊亮一个村庄的号子。我想,他不再需要用嘹亮的号子来壮怀了,那一头白发与赤色扁担的反差,就是最醒目的表达,是洒遍晚照的乡土上一个生动的具象。至今,父亲的脖梗后还有块少儿拳头大小的肉疙瘩,那是年轻时挑担左右换肩挤压形成的。几年前,父母亲从拆迁过渡房搬进新居,他们不烦我们兄弟仨,也不请搬家公司。家儿家伙的,父亲一担担从后三楼挑到前四楼,母亲说一共挑了十五六担呢。听着,我们心里几分酸楚,又佩服父亲还有这般肩力。父亲说,老虽老,还能吃把草哩。

　　我们这茬人的幼年曾有个"跨马"的幸福记忆,跨骑在祖辈或父辈的肩头,眼前豁然开朗,稳实,骄傲,嗒嗒嗒,真好像跨着马儿看世界。我三四岁时,祖父能一口气把我从临江捎到文峰塔。肩头的负重和隐忍,类似驴马牛的项背。它是血肉的,又是钢性的,能耸出衣装的美观,又能承载人间的负荷。我想,如果生命和生活有什么需要我们承担或承受的,我们就应该坚毅地挺起肩头。

暑天河趣

暑天，小河丰富而多趣。河坎上，漫生着杨、榆、楝、槐和乌桕，一棵树就是一片夏的风韵，杨树干上蛀孔流出的树液凝成琥珀色的黏脂，楝树的枝头串串树果碧青，正好作孩子们弹弓的子粒。火辣辣的骄阳落在树枝头化作了一片蝉韵，蝉韵落地又化出一片闪着光斑的绿荫。河沟是天然的面盆和浴池，沿水踏子的石板而下，蹲在临水的石踏子上，抽下搭在脖子上的毛巾，汰汰，洗把脸。一阵清风，水面微微一颤，漾起不规则的涟漪，一波波像被无形的巧手——掠到岸边，刹那间的凉爽，使人不由得深深吸了一口气："啊，六月里凉风天送来。"成群的鳘鱼在水面上摇头甩尾，喋喋不休，翘鼻子鳘鱼不时犁出人字的水波。淘米洗菜，成群的芦花小鱼围在篮子和淘箩的周围，吧嗒着米浆糠皮或篮缝漏出的碎菜叶。踩到水里，小鱼们就在水里吻你的脚，吻得人心尖上酥酥的。石板下时常有黄鳝探出头来，觊觎着荤菜篮孔隙中露出的肉食，洗菜人食指弯成钩状，想锁住黄鳝的颈项，无奈黏液太多，黄鳝一滑，又缩回了石缝。

正午时分，太阳正毒，妇女两三人结伴，半是好奇，半是消暑，提着脚盆下河摸螺儿。女人们边下河边说，我们只有本事欺欺"忠厚人"了。她们不会水，只敢面朝岸，沿河边摸索，裙子背部未曾湿水时，鼓成气囊状，像背着救生用具。河坎陡处，人要往河心滑，她们也不胆怯，用手薅住河边青青的芦苇，要是匆忙间未曾薅住，也不作慌，漂浮地身旁的木脚盆就是"救生圈"。

小汛点，河中只剩一衣带水，两边的河床像牙龈萎缩后裸露的牙根，原本隐在水里的蟹洞和芦苇根晾在炫目的夏阳里，一下子失去了往日的神秘感。黑黝黝的淤泥上，青壳和褐壳的螺丝顶着椎状的外壳蠕行，像在举行一场化装盛会。小脚蚌（样子像老婆婆的小脚）在烂泥里爬过，留下一路槽印，像雪地上雪橇滑下的痕迹，虽又隐身于烂泥，但一眼就发现其行踪，从槽印的尽处抠下来，准能把它抠出来。这时的河边变热闹了，孩子们提着篮，端着盆，赤脚沿河床拈螺丝抠河蚌，偶尔有小螃蜞小蟹从河床上溜过，潜入水中。

汉子们喜欢涉到水中用捣架网捞。这种网是一种颇具特色的捕捞用具，一庹长，半庹宽，用四根齐胸的竹竿，把网张开，竹竿上端捆在一块儿，形状像大畚箕，提起来相当方便，与它相匹配的还有一个用竹竿扎成的三角形的捣架儿。这种网专用于捕捞水边的小鱼和虾。河水异常浅，网几乎要支到河心，一手扶网，一手拿着捣架，最大限度地伸向前，在水中由远及近地捣动，把鱼虾往网里赶，捣架捣到网前沿，提起网，在哗啦啦的滴水声中，网底银色的小鱼、青壳的虾儿活蹦乱跳。

会水的，喜欢到更远更深的水中去觅鲜。脚盆上拴着一根绳子，另一端系在人的腰间，木脚盆总是如影随形，飘浮在人的左右。

大河里，蚌潜在水底河泥里，只把蚌嘴子露在泥外透气。一脚挨一脚踏寻，就会踩到蚌嘴子，蹲下去潜到水里，沿蚌嘴子用力往下抠，便能抠出一枚大河蚌，水淋淋的闪着光泽，壳上疏密不一的条纹记录着它生长的历程。脚板的知觉并不十分准确，有时抠出的是瓦片砖砾，也不懊恼，因为水底隐藏着无限的希望。有时候会踏到爬行的水族——螃蟹老鳖乌龟，螃蟹不难对付，它会攀缘，怕从脚盆里爬走，从水里扯些水草裹实，它就动弹不得。鳖会咬人，而且老一辈人说鳖咬人要咬到上齿对下齿。捉鳖有窍门，用拇指和食指抠住两只后脚的软裆里，任鳖怎么回头，也无法咬到手。

河坎的斜坡上碧青的芦苇从水边一直长到岸沿，苇秆顶端挺出一支支绿箭。在夏阳里，这绿箭会变魔术似舒展出一张张芦叶。孩子们喜欢折一秆芦苇，揭去多余的叶，把最靠箭部的一张芦叶撕成条形，俨然是一杆"绿缨枪"。近水的坎上，分布着蜂窝似的圆洞，洞口依稀可见毛茸茸的蟛蜞脚。河水的边缘线上，相隔不远就会发现扁圆的蟹洞，有的半隐在水里，有的刚巧在水平线上，洞口蟹出入的脚印清晰可辨。夏里螃蟹不壮，离肉满膏肥时还有一段时日，但尝尝鲜还是可以的。蟹洞与人的手臂粗细相当，最简便的捕捉办法是掏。有的蟹洞较深，臂长难及，带上小锹，把洞口掘掘大，就能触摸到匍匐在洞底的螃蟹。要是蟹爪死劲地爬住泥土，也不必用死力气掏，掐一下蟹脚，手缩到洞口，张开掌等待，蟹急于逃生，会自投罗网，手掌一按，逮个正着。夏蟹一般氽汤吃，也可裹上面糊，放到油锅里炸，叫干面拖蟹，是家乡夏日里极有情调的小吃。

要是哪一天早晨，河里发虾儿阵，会让整个村子激动好一阵。夏雾笼罩着村舍、田园、小河，天气闷热。虾们因缺氧，成群的浮在水面上，动作迟缓，有的索性爬在水岸边，随水波晃动。涉到水里，用淘篓、筛子捞。没有工具，就到河边上捉。手掌岔成八字形，从水下往岸边赶，呆气的虾只知往后退，不是退上了岸，就是乖乖地被罩在手掌心里。河岸上、水踏子上站着不少看鲜稀的人，指手画脚，高喉咙、大嗓门，提示河下的家人如何捞、抄、捉，像赶集般热闹。太阳终于露出了脸蛋，雾渐渐散了，等远处的人家闻讯赶来，虾儿阵也接近尾声了，不一会儿，虾们像得到什么指令似的，全潜回水中，水面上一只也不见了。小河又复归宁静，芦苇丛里一只芦嘎嘎（一种水鸟）又自在地鸣叫起来。

散 心 记

那晚,忙到七点多钟才回家,捧着夜饭碗又接了两个电话,有点烦。放下饭碗,想看看电视,没什么爱看的节目,握着遥控器,一个劲地翻台,妻在旁边嘀咕了,看就定神看一个台,调了东调了西的。没趣,再去翻翻报刊,读了两篇短文,又厌烦了。脑门好像绷得紧紧的,像是有层壳,又好似有小虫爬过,仔细感觉什么也没有。在室内走走,到窗口看看,楼下有绿树青草,可我在半高处。来客都说我家客厅大,敞开,可今晚我感到憋闷。想到小时候,奶奶见我们不耐烦,训斥说,给你们吃饱了,穿暖了,还要怎么?现在我岂止是饱了暖了?要享眼福有电视,要吹凉风有空调,要出门有车代步,我还要怎么呢?用奶奶的话说,不至于要上天吧?尽量自我调节,可心头还是不爽。又不想这么早就直挺挺地躺下,到楼下散散心去吧。

楼下有一块小区里不可多得的绿地,一条碎大理石的曲径从绿草丛里划过,径的尽头是一方鹅卵石铺就的旱池,池上卧着座两三步就能踏过的小桥,过桥是座日本式的凉亭。亭后有一片慈孝竹,透过竹缝和枝隙可以遐想,想月上半墙,青秆和翠叶筛下金色的光斑。抬头一望,看到竹丛后霸气的大楼,那点原本缥缈的意思又烟消了。天上只能见到几颗寥落的星星,精气神不足,草地边的路灯倒显得精神。坐在石凳上透透气。有人来夜锻炼了,三个中年妇女,二胖一瘦,一高二矮,反背着手,一边在鹅卵石上踏来踩去,一边叽里呱啦交流起卵石按摩的感受。这时,邻近的小区里腾起了五彩的烟花,炸出的声浪,一下子就冲垮了夜的围堰。还好,几乎泊满路两侧的汽车(车上多半装有防盗报警器),没有跟着起哄闹腾。

我想到亲戚那里串串门,他租住着干休所的平房,房后有块菜地,那些带着土气的菜豆葱蒜,还能让人联想出一点田园味道。远远地我看到他家窗口雪亮,推门一看,屋里烟雾弥漫,两桌人在打牌,桌子角上还围着几个"看斜头"的。没有兴致看菜地了,沿路散散步吧。一路上,我不由怀想起乡村的夜色来。乡间的夜,模糊了园子的枝枝叶叶,却清晰了宿鸟的梦呓。它把树园、苇塘、青纱帐涂抹成黑的背景,好让萤火虫提着小灯笼张罗出可与天宫媲美的人世。乡夜似乎与栖息同义,房舍泊在夜海里,田园静卧在星光里,猪羊鸡鸭安睡在夜梦里,当然,人的心自然就会安妥在胸膛里。城市的夜是围绕效果的,你看,那原本森严而肃穆的古塔都亮化出刺眼的光照,顶层的栏杆背面打出殷红色的效果灯,叫人想起老妇人涂抹的口红。

李商隐诗云:"向晚意不适,驱车登古原。"今夜,我下决心要找一处相对清静的地方,哪怕离浮华远一点也好。我想起寄居过的濠南路附近有块生态绿地。

这块地虽是人为,但是"生态绿地"的定位使它有了天然意味。

夜省略了树木许多的枝蔓和细节,树姿竹态显出唯余大体的简约,在我看来,删繁就简是一种省心的美。我沿着幽僻的小道走进绿地心里,与芜杂的市声暂时隔离开了,步入了清华之境。夹道的竹林芊绵,夜色里不能透视,显得莫测的幽深,轻风中叶与叶耳鬓厮磨出呢喃细语,无比缱绻。难怪连人工的丝竹声也那么养耳了。绿树各呈其态,借夜幕的演绎,让人尽情去发挥想象。今夜我懒得去想,我只看他们率性生长出的个态。我在河边的一块麻石上坐下。这里是河滩的低平处,几乎与水面相平,幽幽的濠河水就在我的脚前,像个绕膝的娇儿,很乖觉,解人意。我只要弯下腰,似乎就能把它搂在怀里。跟前有一棵斜生的老树,下垂的枝条像珠帘挂在视野前,我透过这珠帘看濠河,看对岸怡桥和公园桥的灯火,亦真亦幻,恍若隔世,很有意趣。水面漾起微波,倒映在水里的灯火,拉长复原,复原拉长,魔幻般美妙。我想,从桥上夜行过无数次,怎么也没有想到换个视角和方式,竟能看到如此曼妙的情景。是的,过桥时我多半只是享用灯火的明亮和热闹,今夜隔着宽阔的水面和枝条,沾不到光,反倒别有洞天了。

　　我就这么痴痴地静坐着,心少有的安然。河中一只船行过,划出的水浪轻拍岸脚,水呼应着波的起伏汩汩作响。我捋捋身旁的野草,湿漉漉的,降露水了。

　　我踏着莹莹的夜露,走出绿地。想,我什么时候会再来呢?

三塔谣

常留心头的花香

花装点世界,美化生活,也芬芳我们的心灵。我常常被电视里这样的特技镜头所感动:一粒花骨朵瞬间绽放成一朵美丽的花儿。其实,这绽放的过程是一朵花一生的心路历程,展开自己,芳香世界,这就是花美好的物性,也是花最感人的生命乐章。我们用心面对它时,就会有所感应。久而久之,这种感应会形成一个人特有的心灵世界。

乡村成长的经历,使我对一些草根族的花儿有特殊的情感。槐花是世俗味儿最浓的花。盛春时分,先是泡桐开花了,树枝还赤条条的,不见绿叶的消息,枝梢头率先挑出一嘟噜一嘟噜的紫花,把周围的阳光快要染紫了。接踵而开的是槐花。槐,已满枝新叶。椭圆的叶像一群兄弟依次围坐在叶轴的两侧,风来风去,像挥动着一支支生动的鸟羽。记忆中这种一回羽状复叶带有几分禅机。上小学时,同学间爱做这样的游戏:折一柄槐叶,询问对方家中的人口数,然后从轴根处的叶片数起,数到所问的人口数时,就将这片叶摘掉,再依次往下并转到叶轴的另一侧,一直摘到叶轴上的叶数与人口数相等，男左女右，叶轴两边剩下的叶数就是这户人家的男女人数。与对方核实，往往准确得叫人咂嘴。看来男女比例也是天数。用这么好的叶子作背景，一串串槐花挂饰般挂出来了，带着青涩的朵儿，经不住几场熏风的摇荡，就绽开成鲜亮的磁白。这是群率性飞翔的花，像一只只纯白的鸟儿，头连尾，尾续头，展翅在自己的王国，芬芳着她们的季节。河边，菰和菖蒲亮出一支支葱绿的剑，苦鸭雀儿婉约的叫声里，一枚枚菱钱浮上水面，电线上，呢喃的燕子排列出季节的音符，麦香和着槐香，一天比一天浓了。

花是季节的招牌，一树树槐花摇荡出清明、鲜亮、祥和，还有暖洋洋。对槐花印象最深的是三年自然灾害过后的春天，人们刚从可怕的饥馑中走出，炊烟又回归成一道温暖的村景。田间，麦正抽穗，豆正开花结角儿，人们苦难的伤口正逐渐愈合。每天上学从赵家桥走过，桥西侧，一岸刺槐，满树繁花，映水而发，渲染出融融的太平春光。桥北一户人家的后墙上贴着一张《槐树庄》的电影海报，那带有飞白的笔画，像老槐皲裂的枝干。每天路过，这张海报引发出我们无尽的遐想。我与小伙伴们凭借对眼前槐花的感受和肤浅的生活阅历，拼命想象以槐树命名的庄子里槐树的景色，最后的结论是：吃喝拉撒，割草或者游玩，都有槐树相伴，人走到哪里，槐香就会跟到哪里，总之，槐树庄是个一等一的庄子。现实的槐花与想象的槐花在我们心中交织出一幅美好的画图。

与学校相邻有一户人家，白墙黛瓦，屋后长着枇杷、桃树和杏树，靠路边野蔷薇互相攀附织成篱笆，几乎有一人高。春来，桃花开了，杏花开了，不久野蔷薇也开了，一堵绿墙，点缀着粉红的花朵，引来蜂飞蝶舞，展现出无限美好的春景。我们学校是一所村办

三塔谣

的民办小学,最高年级只有初小(四年级),上高小(五、六年级)要到公办的学田小学去上。学校条件很简陋,八九间低矮的草屋,长条式的学桌(就是一块长板加四只脚),一张桌四个座位,坐在两边可是交好运了,可以将书包挂在飞出的桌边上,不像坐中间的人,书包要放在桌面上,或吊挂在学桌的横档下。有的班级凳子不够,还会动员学生自带凳子。麦收时节,学校的土操场就成了村里的打麦场。那是不识愁滋味的年龄,我们照样快乐着人之初的读书生活。语文课上,我们敞开嗓门读书,音乐课上我们放声歌唱。春天,老师会教唱切合时令的歌。如果教唱的是老歌曲,老师就把一张抄有简谱和歌词的纸挂在黑板上,手指一句,教唱一句。如果是新歌,老师还来不及抄歌纸,就口口相授。音乐老师扎着两条长长的辫子,领唱一句后,眼睛习惯性的一闭,说声"唱",我们就齐声跟着唱。有一首歌唱春天的歌,有句歌词是鸟儿满树装,还是鸟儿忙梳妆,我一直没弄清楚。不过,这些都影响不了我们对春天的歌唱。"快去种葵花,快去种蓖麻"……这是春雨和春风的召唤。嘹亮的歌声载着我们的心儿像小鸟一样自由地飞翔。天空说,春天是蓝蓝的,菜花说,春天是金色的,那一墙野蔷薇说,春天是粉红粉红的。

四年级的女生最懂美,她们不怕野蔷薇刺扎手,时常折些花没开足又带着骨朵的枝插在小瓶里养。还会摘来开足的朵儿,用花瓣揉红两颊,再把两三片花瓣粘下巴上,垂挂下来,扮成母鸡,咯咯咯地叫唤。带头玩这游戏的女生叫丁什么玉,长得最好看,我们三年级的男生都爱看她,爱看她红扑扑的脸蛋儿和长长的眼睫毛。看的人多了,她会害羞地闪进了教室。大家又拥到窗口外看她,一直到上课铃摇响了。地上洒着不少花瓣儿,空气里弥漫着幽微的花香。四年级的老师会踏着花瓣儿走进教室。一操场的阳光好晃眼。

回想起来，这些有花相伴的岁月是那样暖人。生命的流程就是一个不断告别的过程，花会凋逝，岁月会流走，不过，既然命运注定我与它们有缘在同一时空里相识，也注定会把那些时光淘洗不了的部分留在我的一生中。

三 塔 谣

一个人的阳光

太阳总是准时地司起晨号。姚家的那团鸽子,就像得到指令似的,扇起晨曦,驮着初照,从那株高挺的洋火梗子树梢呼过,沿着杂树成林的江堤和清凌凌的黄沟水南飞,飞过通往江堤的小木桥,在空中划了个优美的弧,又折返回来。这好像是老鸽领着新鸽晨练的规定线路。嫩嫩的太阳光,正踩着旺相的豆叶麦梢,不断从东往西跑,慢慢映亮了西边人家的东山墙,把自然散漫的树冠分出明暗两色。晚上又会从西往东跑,一块块亮光展板似的贴在东边人家的西山墙上。夕阳把白白的云朵着成桃红,桃红映美了炊烟。烟柱慢吞吞地往上长,柱头不断朽去,跟脚又长出来。田园深处好像有一支蘸足了墨汁的大笔点在哪儿,墨色悄悄四洇。

早上,祖父临出门前交代我在家看看家,不要瞎跑。没谁来找我玩,也没有什么东西可以消遣的,我就独自看自然这本大书。当然太阳光最引我注意,一天全由它掌控着呢,它一照,日子似乎就活了。它又实在太神奇了,没有什么能阻止得了它的行脚。风是不长根的,自来自往,像个游侠,有时威猛得很,猛地一阵能把平整的豆麦田吹出好大一个凹潭，好像要把叶梢的阳光全部掀起来，豆麦秸快要弯到极限了，又有惊无险地反弹回来，猛烈摇摆一阵，复归平静，阳光依旧铺在梢头。吴家场边那棵枣树老了，阳光在枝叶的罅隙间穿来穿去，从不怕被枝上扎手的硬刺绊了扯了，也不怕磕磕碰碰地弄脏了。那天，我看见祖父的徒弟小闰侯不当心，把刷屋脊用的黑水泼在阳光地上，那摊阳光收走时照样干干净净的，只有地上的杂草被染黑了。

东山头歪脖子乌桕树上住着一对河鸽子（珠颈斑鸠）夫妻，兴致来了就叫几声：咕咕咕——咕咕——。声音像瓷实的东西掼在地上，但是因为是掼在阳光地上，就有了几分亮色。祖父和祖母说它们是在喊："不得过河。"我耸起耳朵听，怎么也听不出是在喊"不得过河"。我想，后头那小河不过两篙子宽，外祖母站在对河水踏子边的杨树下喊我吃饭，一喊我就听见了。它们怎会飞不过河呢？门口，土路的一侧麦田里，钻出了一只黄猫儿（黄鼠狼），毛色油亮。它尽力耸直细长的颈项，灵巧地转动脑袋，左看右看。接着，背后跟出两只小崽子，一起过路，钻进另一侧的麦田里。发白的土路上又像先前一样只剩草和麦秆的影子，似乎什么也没有发生，其实，阳光下总有一些事情经常发生着，只是人没有那么多只眼睛看到。我盯着土路，盯得眼睛发酸，这"鬼鬼祟祟"的一幕再也没有重演。无聊。我用拇指尖抵着食指尖捏成三角形，中指和无名指竖着，在走廊地上投出一个手影兔儿。这是那天夜头跟祖父到陈兰英家串门，在蜡烛光里，跟她儿子成侯学来的。阳光穿过空心三角形，投在地上，正好成了兔子的红眼睛。那是只伏着的兔儿，老是呆着不动。黄鼠狼不爱吃兔肉，只吃田鼠，偷吃鸡。太阳亮晃晃的，那么大的天上就它一个，它孤独吗？

屋后，养猪场上，猪又哼哼着讨食吃了。大爹坐在场上，就着一只旧澡盆,嘁嚓嘁嚓切猪食菜,春天切卷心菜,夏秋切水浮莲、水葫芦。大爹喜欢在露天心里做事,他说,人爽手爽脚的出生活。其实他的脚从来就没有爽过,他两脚残疾,走路脚趾相对,又是麻脸。切菜时,他伸直腿,尽力把脚板扭成常人相。有一次,我看到他粗笨的指头捏着一根细针,缝补裤子。他看到我一笑,我分明看见淡淡的红晕从深深的麻点间一经而过。猪场几乎没人来,他喜欢与我搭讪。带我去挑猪食菜,或者捞水浮莲和水葫芦。他穿着补丁连补丁的衣服,走路一摇一摆的,很费力,有时还要夹着一只空箩筐。阳光把我俩的影子一前一后投在地上,我发现他的影子仅比我的长点宽点,其余看不出有任何差别。在阳光的影子里人是多么平等呀!影子好像也依恋我们,总是紧紧地跟在左右,一步也不离,"温良恭俭让"的样子,就好像德兴镇上唐炳侯说的《镜花缘》里君子国的人。菜挑了,队长会叫龙金侯来运菜。龙金侯个子不高,腮帮深陷,胡子稀拉。他把菜筐捎在肩上,远看就像满满的一筐菜在阳光朗照的庄稼地里行走。

最难忘的是跟大爹到麦田里挑荠菜。春阳当头,人只能乜斜着眼睛望天,麦苗们好像都在闭目养神,田间好静。整块麦田就像打开的练习本,一行行被太阳晒得酥松的土垄,像是本子上的条格线,麦子就是大人们写下的作业。一行白,一行绿,反反复复,铺向田的尽头,无限深远。垄间,有种杂草,大爹叫它破布衲头。草叶像马蹄,开着细小的蓝花儿,四个瓣簇成一只小碗,碗边湛蓝,碗底瓷白,碗碗都盛满了热烈的阳光。我和大爹坐在田埂上,太阳在我们头顶静静地暖着亮着,我们心头也像碧绿的麦叶一样闪着光亮。阳光照彻草木,也会照彻一个人。一个怀揣着阳光的人,光明和温暖会伴随他走过四季,走向前方。

找回一支童年的歌

我的童年是精神生活的荒年，那时，点滴精神活动都会被我们渴求滋润的心田放大，难以忘怀。一首《歌唱王二小》，歌词那么长，我们音乐课上学，放学路上哼，游玩时唱，唱得烂熟。特别是结尾那句："秋风吹遍了每个村庄，她把这动人的故事传扬。"有说不出的凄婉和美丽。当然小学里学唱过的歌，有的已记不得歌名了，只记得几句歌词儿，不管怎样，我相信那些曾经被我们用童音唱亮过的岁月，依然会牢牢附着在这些好听的旋律里。

小学二年级，唱歌课上学唱过一支歌唱春天和劳动的歌儿，我把其中一句歌词"鸟儿忙梳妆"唱成"鸟儿满树装"，由此还引出了一段生活小插曲。说实话，我的小学条件很简陋，老师教唱歌往往靠口口相授，我们也不分前后鼻音，听话学唱，有的听不准，就带点想当然。我想，春天是鸟儿们的天堂日子，树上装满了鸟儿，该是多么美好。后来随着文化水平提高，觉得所记的这句歌词不妥，不太合文法情理，学唱时可能听错了，许是"鸟儿忙梳妆"才准确，但一直没有得到证实。前不久，把这段生活经历写进了一篇文章里，给一位姓吕的朋友看到了。他爱人是我学生的老同事,他们叫我的学生捎信给我,说我拿不准的那句歌词应该是"鸟儿忙梳妆"。他们还记得这首歌的歌名和全部歌词,并记录下来了,还说他家收藏着几本老歌本子,邀我有时间到他家去看看聊聊。

一个星期天,我和我的学生一同来到吕家。吕哥和吕嫂当年是插场知青,现在双双退休在家。他们家是我很少见到的没有任何装潢的人家,水泥地,门窗、墙壁仍然保留着建筑的原样,但是他们家出了硕士和博士。交谈间,我觉察到他们有着丰富的内心世界,虽然多少岁月流痕和人生的磨炼,清晰地散见于他俩的额头、眼角、鬓发处,但是那些火热年华里生成的音乐细胞和人生情怀,依然蛰伏着可以燃烧的激情,那些饱含人生沧桑和难忘岁月的一支支老歌,很快就能从他们的记忆里复苏过来。他们把我的快要遗忘的那支歌,用圆珠笔抄写在一张信笺纸上,压在四仙桌的玻璃台板下。我一看:歌名——《劳动最光荣》,歌词——"太阳光,金亮亮,雄鸡唱三唱。花儿醒来了,鸟儿忙梳妆"……是的,是的,还是那轮金黄金黄的太阳,还是那威风漂亮的大雄鸡,还是那些满野里笑不累的花儿、唱不倦的鸟儿。我像握到了一件丢失多年曾经用得十分熟手的用具,那种熟识的感觉一下子就被神经系统找回来了。记忆深处,似乎有一眼涌泉,有许多关于童年、成长、岁月、生活的记忆要喷涌出来。

吕哥和吕嫂是热心又热情的人,他们请我吃饭喝酒。酒是寻常酒,菜是家常菜。我们边吃喝,边谈心,谈生活,谈人生,谈伴我们成长的记忆中的一支支老歌曲。酒过三巡,吕嫂叫她女儿把那支《劳动最光荣》唱给众人听。"太阳光,金亮亮,雄鸡唱三唱"……小吕已研究生毕业了,但是她唱歌的认真劲儿,那眉宇间一颦一蹙,还能让人分明捕捉到她童年的影子。我诧异小吕怎会唱这支歌。老吕告诉我,小时候家长就教她唱,在厂办幼儿园里,老师都是返城知青,也教孩子们唱,所以至今印象深刻。有趣,一首歌唱彻过一家两代人的童年。听着,听着,借助点酒力,我仿佛又回到了草房八九间的小学,回到了阳光从豆腐格窗户透进来的教室里。我觉得童年的岁月并没有完全流失,还有那么多的童年心情、清纯感受和成长渴望,珍藏在这些旋律里。岁月给生命答案,也许这些答案与那时的理想相去甚远,但是那些充满向往里酿造出的快乐和美好,繁茂了我情感和精神的枝枝叶叶。我已经长到了人生的秋天,回想起来,这些枝叶才是我一生真正的行装。

喝得酒酣耳热了,老吕又兴致勃勃地拿出他精心收藏的歌本,有《战地新歌》,还有上世纪 60 年代初的歌本,这一张张沧桑而发黄的歌页,承载着我们多少童年和青春的歌。我们一本本地翻,翻到会唱的就唱,唱不好,小吕就到网上搜索出来播放。这餐饭成了一顿伴着歌声的晚餐。我们唱:"麦浪滚滚闪金光,棉田一片白茫茫"(《丰收歌》),唱:"我们的心儿飞向远方,憧憬那美好的革命理想,啊,亲爱的人啊携手前进携手前进,我们的生活充满阳光充满阳光"(《我们的生活充满阳光》)。歌里岁月是我们多梦和追梦的岁月,所有的热血随时都会燃烧成一片火海。

离开吕家时,吕嫂把那张抄着《劳动最光荣》的歌纸交给我。回到家我把这支歌抄到本子上,又打进电脑里,找回来的,这下子不会再丢失了。

三塔谣

第五辑

　　廊檐永远敞开着，它容得下四时的风雨阳光，也会接纳来歇歇脚的每只蚂蚱，还会晒一槌芋头、晾一笸篮花生，咸下一个收获的季节。更多的时候，它咸下的是我们在它怀里稳实而温暖的心情。

廊　　檐

　　如果把我们这儿的老式民居划成平面图,就是一个活灵活现的"凹"字,廊檐正是凹进去的那部分。叫廊檐,我想是因为它带着房屋的前檐部分,又是堂屋和房间进进出出的过道。廊檐一凹,两边的房间就凸出来,有凹有凸,房子的立面就丰富了,好看。更主要的它还蕴含着先辈们居家过日子的想法,人与外界是分不开的。穿过廊檐是幽暗在岁月里的居室,跨出廊檐是朗朗的阳光地。廊檐里有宝盖头下家的安稳,又可以随时随地抚问从门前经过的一片阳光、一阵清风甚至一只虫豸蚂蚁。

　　廊檐是退出来的天地。它本是室内的一部分,把门或墙缩进去一米来深,便成了廊檐。不像现代建筑的阳台,挑出来,飞在外,尽力多占有外界空间。缩一点,居室是小了,但多了几分平和与谦让,面对门前的风月也就显得坦荡了。当然,缩是为了节省材料,那时的人们还没有我们现在这样阔气。这里面是不是还包含着先辈们朴素的生存智慧呢?我说不准确,至少它给我们后人留下了一些关于人与自然的思考。

我看过一篇关于南通民居与徽派民居比较的文章。徽派民居的马头墙高低错落,本地民居的屋脊两尖高高飞翘在山墙外,形如龙角。错落出、飞翘出房屋的气质。有气质才有风景,廊檐里的风景装满了童年记忆的行囊。麦黄色的天光从高天上洒来,把廊檐上粼粼的本瓦和猫儿脸似的瓦当涂出厚重的古意,明锐的光锋把地上的青砖、两边的墙垛、木门槛剖出清晰的纹理,勾勒出质感极强的轮廓。两侧厚重的墙垛挺出廊檐的稳实,也耸起两柱耐看的风景。垛肚刷成黛色,一条条齐整的砖缝描上牙白。垛头正面呈佛龛状,龛里,石灰捏出的吉祥物简朴而传神。记得我家老屋西边捏的是一对双飞的凤凰,东边捏的是鹿鹤同松。民间匠人的手艺,谈不上多少艺术,但很生活。那仙鹤的腿,是用竹的细枝股做成,关节爪子分明,拙里见巧。垛头的两侧,是用蓝灰黑三色绘出的花木飞禽,每一幅,祖父都能说出名目:凤凰牡丹、喜鹊登梅、梅兰竹菊、紫燕双飞。夏天,我们坐在廊檐的门台上仿画墙垛上的画儿,那凤凰身上的图案,像母亲剪烫后卷曲的发型。风从田园心里吹来,送来凉意,又带着我们身上的燥热,穿堂而过,从后窗的栅格间很优雅地翻走。人在廊檐,就好像被房子抱在怀里,而这样的房子多半是老宅子,如同依偎在长辈膝前那么温暖。

　　坐在廊檐里,熨贴后背的是母亲的气息、家儿家什古朴的幽光、油米柴草的烟火气,当然,还有一个个夜晚幽黄的灯光。这些家的气息和光,就在一个人静坐时,从背后慢慢渗进人的肌腠,变成温暖的精神元素。秋夜,夜露凉了,人们室外纳凉的余兴还没消尽,纳凉的戏台,从场心移到廊檐里。不过,不再是夏热里合家老少一台戏,老人们要秋养,女人们忙里忙外累了,乘着秋凉,蜷在蚊帐窠里,用凉飕飕的鼾声,当然也少不了小孩子呢喃的梦呓,与墙

三塔谣

根蛐蛐的鸣唱组成秋的小夜曲。男人们挨着门框或门板一字儿坐在廊檐里，夜话匣子打开了，谈乡里趣话，说民间故事。一排人都是这戏台上的角儿，门前，朦胧的夜色里，垂穗的稻谷、咧嘴的棉桃、披黄的豆荚，都围拢来听戏。一根水烟台儿依次传递。上家客套地把烟丝装好了，一手接过水烟台儿，一手接过带着火星的纸媒子，撮口"呋哆"一吹，纸媒子着了，泼噜泼噜猛吸一口，生活的百味似乎全溶解在这袋烟里。火苗闪烁，映亮了紫糖的脸庞，把人头极夸张地映在门上，甚至映上了廊檐的天花板。水一样的星光泼在田园里，泼在豆棚瓜架上，泼在杂草丛中，化作如雨的虫鸣。

我家廊檐里的每个春天，一对燕子总是如期而来，在大门框上筑巢。祖母吩咐我们：燕子是奔旺处的，不要惹它。几十年，它们在我家廊檐里与我们一起编写生命之歌，直到我的孩子也懂枕着燕语入梦。我感激这一代代如家人一般同我们相守的燕子，也感激容纳它们在屋檐下飞进飞出、穿梭忙碌的廊檐。有的年份，燕子会孵两窝，很辛苦。但是，有个家并为家幸福地忙碌着，绝对是快乐的。它们从泥窝里嗖的一声，飞出廊檐，甩下一串叽叽喳喳的欢叫，那是唱给廊檐的歌吧？

廊檐永远敞开着，它容得下四时的风雨阳光，也会接纳来歇歇脚的每只蚂蚱和飞蛾。它还会晒一摊芋头、晾一筐篮花生、堆一垛避雨的麦秸……盛下一个收获的季节。更多的时候，它盛下的是一家人对生活的情感，还有我们在它怀里稳实而温暖的心情。

廊檐，用阳光分割出的黑白空间，用圆的梁柱和方的墙垛，用门板、门框上洇透春风的对联，还有带着燕子喙痕的泥窝，构成了一个家最温暖的封面。

十字路，丁字路

城市的路很丰富：平面的，立体的；十字路，丁字路。我每天上班要经过三个十字路口，五个丁字路口。第二个丁字路口有座桥，但是，现在几乎没有桥的概念了，水从涵洞流过，桥面和路面一样平，粗心的人走过，压根儿就没有在意这座桥。不要小看这隐身了的桥，它曾经是座带着中国古典美和中国式智慧的拱桥，而且桥名也不错：文峰桥。它是环绕这座城市濠河的出水口。桥南块路牌上赫然写着：文峰支路。以前这里叫文峰东路，不知哪一天改成支路了。有老邻居半是迷惘、半是调侃说：再发展发展，我们这儿离印度支那不远了。哈哈。

总之，我们这座城市有足够充沛的能量，不断在成长。我们小区对面，原是一家生产剪刀和大力钳什么的厂。先前，空压机咣当咣当的冲压声，沉闷粗重，一声声好像刻意强调我平淡单调的日子。正月初五六里，听到这沉闷的机器声，就意识到厂里开车了，年过了。后来，有好些时日，听不到声响了。当然，这点儿小小演变，让周边变化多端的大环境淡化了。等我再在意它时，它快谢幕

184

了。面对我们小区的那段杂砖围墙,红砖、青砖、水泥砖赤身裸体的,墙上的爬山虎再卖力地绿着,也难掩其破落相了。与周边后生的铁艺花墙、装饰着斗笠造型的幼儿园围墙比邻,真显得苦巴巴的。

不和谐就要改变,这是我们这个社会的法则。果然,去年开始,围墙推倒了,路拓宽了将近一倍,东边繁华路口往里来的瓶颈被打开了。里面的旧厂房也铲平了,正盖起一座五星级酒店,叫雅高国际。路一宽商机也就多了。临街住宅楼车库成了正门正式的店面,卖服装的居多。车库房,矮了,但是门面都装上玻璃移门,室内再往地下借十几公分,装潢一新,有模有样的。有的店名也取得好:米朵,胭脂扣,丽人霓裳……庆贺的花篮一摆,鞭炮一响,一爿爿店就正式开张了。

再有就是吃食店多了,这些店多半开在路口上。文峰桥路口有两家早点店,店铺很简陋,炸油条和贴缸爿的炉子、蒸馒头的笼锅什么的安放在门前的彩布雨棚里。有一家粢饭做得不错,更主要的是他们一家三口要尽力融入城市文明的欲望给我好感。小儿子,喜欢穿海魂衫,当然,在城里这早就不时兴了,但穿着同样很精神。女店主圆脸,高颧骨,个儿不高,挺结实,迎客的那份笑意似有似无,带着些许羞涩或许是期盼,纯朴又温暖。成熟的食品放在一个玻璃柜里。收钱,他们总会套上一只专用的塑料袋接过钱币或找零,然后再脱下塑料袋干活,不厌其烦。也许这种融入的做法很粗糙,甚至有点幼稚,但他们毕竟意识到:这是在城里啊。

前些年,我经常走过的一个繁华路口的花坛转盘,一夜间突然消失了。那是个大夏天,《江海晚报》报道此消息,用了一个很生动的词儿:蒸发了。这些蒸发了的事儿时常发生。然后,围上一圈湖蓝的彩钢板,板缝间安全帽闪来闪去。不久这些路口就由空中的红绿灯和地上的白线条来安排交通了。做了城里人,就得生活在规则之中。就说走路吧,红绿灯的色彩是规则,路上黄线白线是规则,交警的手势是规则……一位驾驶教练对学员说,路上实的黄线,你要看成是一堵墙。开着车总不能撞墙呀。这几刷子宽的一条线,就是一堵墙,乡里人八辈子也想不通。有一回,我看见自行车上捆着扁担和沟泥畚箕的农民工推车穿过路口,交警吹叫叫儿,示意让他们走斑马线。看样子,他们刚走进城市,不懂这些城市规则,也不懂交警的提示。过往的车辆从身旁一呼而过,他们走也不是,停也不是,尴尬无措。

楼下绿地里,总有人在树木间、草坪边种些葱呀蒜的,也许出自对土地的留恋,也许是对城市生活一切都要你消费的规则来点小小的破坏。有一位长期在国外工作的专家回来看看,他说,国内城市有些不和谐,这很正常。因为国内现代城市的居民至多才两代人,老外有的五六代了。我们城市文化的根基很浅。算算我自己,也只能算第一代城里人,我是与父辈和子女几代同堂一起被城市化的。晚上散步,往西走过第一丁字路口,有时我会很自动地估摸我家老园基在现在的什么位置上,而且具体到正房、池间。过后,我又会审视自己诸如此类的意识是不是很不城市。因此,我时常暗示自己,要彻头彻尾地融入城市,与它真正零距离。融进被高楼切割得零零碎碎的视觉空间,融进每一条街道上不由分说赶着你往前的人流车流,因为我是城市人,这里就是我的家园,我没有其他选择。就要像春晨住在前楼楼脊上鸣亮了满天云霞的那只乌鸫,像在金唐大厦金属栏杆上跳上跳下很快活的那群白头翁。

秋又深了,我住进小区化的城市房快十年了。该添衣的时候,树叶又要脱了。工农路上的那排银杏,说不上是哪一天开始树叶一片蜡黄,一路与常青的池杉黄绿相间。濠北路两旁的栾树梢头什么时候悄悄簪上一髻儿一髻儿红艳艳的叶。那天,我到新城区办事,看到一个路口嶙峋的山石后,一棵枫树,撑起一树红叶,每片叶都有好看的五角,太阳照射着,红得通体透亮。这么好的品相,只有用可爱才能形容。城市的秋这样斑斓多姿,这是我在乡间生活了那么多年从没有看到过的。

祖　　屋

我相信我家祖屋是有生命的。我们在里面住了那么久，如同民间故事中讲述的一根铁索或一棵古木久占了人气便演化成精灵一样，它与我们同时活着，那幽幽的窗光正是它充满灵性的目光。

上世纪 50 年代中，我与弟弟相继出生，给祖上两代招婿的家庭带来了"破天荒"的喜庆。原先与邻居山墙贴山墙、屋檐挨屋檐的低矮的旧屋，似乎再也担待不起我们兄弟。俚语说，养个男儿，屋檐头就高了三尺。于是曾祖母、祖父、祖母张罗盖下了这祖屋。

盖房前曾祖母特意请风水先生看了风水。风水先生说，那块宅基地薄前厚后，对老辈不吉，对子孙后代好哩。福荫后代正是祖辈们的梦想，即使骨骼松架，他们也甘愿赴蹈。

不知是不是应了风水先生之言，曾祖母为了在屋前做条朝南的路，得罪了人，也有出于对祖屋眼红的原因。一些人在"大跃进"中抓住曾祖母的"小辫子"，整得她吃尽了苦头，可她无怨无悔，她始终信着风水先生的话，那话她一生中对我们重复过无数遍。

祖父是个手艺出众的泥瓦匠，他参加过狼山宝塔的修缮。三间祖屋是他并请他的徒儿们精心砌筑的,他似乎要穷毕生的手艺于一屋。

作为农家宅子,祖屋的外装饰是出色的。牛角状屋脊的飞翘处画有"暗八仙"之一的葫芦藤。屋脊正中画着鲤鱼跳龙门的图案,蓝黑的底色托出纯白的线条,这些花纹和图案只有能工巧匠才能画出。

前檐有四个一尺见方的墙垛,廊檐两侧垛头正面砌成佛龛形状,龛内用石灰分别捏着凤凰、仙鹤和梅花鹿,简朴而传神。侧面画着寓意吉祥的墙垛画:"八哥鸣瑞"、"喜鹊登梅"、"梅兰竹菊"等等。墨色分黑、蓝、赭三种,黑、蓝又有浓淡之分,由于丰富而显得生动。那对八哥喙上一撮耸起的羽毛似乎在迎风摇摆。

都是自家活儿,祖父做得异常卖力,他整天极有耐心地蹲在窗下墙前,在刚粉过的石灰墙上弹线,刻出一块块笤底方,再刷上调入黑或蓝颜料的石灰水,最后用小楷笔把线槽填上白色。他的手艺很好,一天下来,衣服上没有一点石灰点或泥浆。

记忆中,祖辈们除了田里的农事和手头的生活之外,所剩的就是侍弄这爿家业。曾祖母喜欢今天动动这个,明天挪挪那个,要把每件家什挪到称心、理到满意,连一些细节,都侍弄成生活的"经典"。例如房间里的灯线从蚊帐上搪着小布片的眼里穿过,引到床头,线端挂一个纽扣什么的。半夜起身,摸到灯线,叭嗒一声,一屋子都亮了。蚊子哼哼的夏夜最是方便省事。

祖屋有满屋子的清爽,门前过路人常会侧头朝里看几眼。一次城里一位带学生下乡支农的女老师,羡慕地把脸贴在窗栅上朝屋里窥视,被曾祖母无意撞见,那位女老师红着脸叫了声"大妈妈"。这是曾祖母一生中最快意的事。

盛夏，屋外酷热难当，大人们都下田或上工了，几代人汗水浸渍皮肤摩擦成殷红色的竹榻靠在墙边，我与弟弟或坐或站在竹榻上，用铅笔在墙上涂涂画画，画田里的棉花秸，画园基四周的葵花盘，画屋后小河边的打水站以及那个胡子拉碴的管水老人。祖上家规很重，可是对我们乱涂乱画从没有责怪过。到了我们不再涂写的年龄，祖父才把那块墙重新涮了石灰水，那陈年旧痕，如同影在淡云里的月儿，仍能从"云逢"里透出的一鳞半爪中，想象出当初的形状。

倦了，我们就躺在荫凉的竹榻上，看梁端楔木上雕刻的云彩，看祖父无意间印在正梁边的泥指印。屋后树叶浓密的桑柳上，蝉声如潮，我们如同漂浮在这片蝉韵上。远处，消暑的阵风，从辽远的田那端踩着绿色的波浪走来，近了，近了，从敞开的门窗里飘然而至，猛然间一阵清凉，人的心里就打起欢颤儿。

曾祖母总希望我们像屋后河潭里的小鱼，永远不要游走，喋喋她为我们精心编织的温馨。祖父脚踏过千家门，他盼望我们将来能走出这片浓荫下的祖屋。休息天，又逢阴雨，他就会坐在堂前的方桌边，检查我们的学业。方法很简单，他从课文里找出几个笔画多的字叫我们读，我们清楚这些字他都不识，然后再叫我们读篇课文。衡量优劣的标准是能否脱口读出他所指的字，读书是否流利。十一岁那年除夕，他就逼我写春联。那时我只有每周三下午写字课上写一版大楷的基础。十年后，我终于把写得像样的隶书春联贴在祖屋的门上，可是祖父已不在人世了。

几十年过去，祖屋杉木的大门槛千踏万踩，一点也没有磨损，槛上有祖父用四片毛竹爿钉出的保护层，竹爿上细钉一支挨一支，组成好看的"穿风阵"——就像联通公司徽标那样的图案。可是祖父、祖母、曾祖母却如没有的任何保护层的松木门槛,经不起时光的践踏,磨损了,消失了。

关于祖屋我深感缺撼的是:没有能在它拆迁时,拍下关于它的一些照片,比如印着祖父指印的砖墙或木梁,墙垛上耐看的画。而再往深处想想,觉得也无妨。它那幽幽的窗光早已穿透我的肉体,射入我的灵魂,融进我每根血脉和骨髓。人的生命不光是生理概念,也是时空概念,只有当生理行走在一定的时间和空间里,才是完全意义上的生命。祖屋曾经是我生命的一部分。

院　落

　　三五间老屋，红砖短墙，一抹爬满青藤的竹篱，围成一个院落。于是，家的版图就有了具体的维度，每一声罩彻院落的鸡啼狗咬，甚至人的一串咳嗽，都有了长宽。那些原本无主的清风、雨露、阳光和月色，在院里一落脚，也就有了归属，与围墙上斑斑驳驳的岁月流痕、竹篱笆交织出的棱状花格，还有檐头上一穗穗风里摇头晃脑的瓦楞草，一起镶进了一个院落里的日子。

　　我们曾经属于一个院落。小户人家，浅浅的院子，只要盛下够过日子的阳光雨露就满足了。盛不下的任它从院门、墙头上流散开去。最拢不住的是院里的果木，它总是用一树的桃儿杏儿柿子什么的，把香甜的日子招摇开来，甚至还把一两根丫枝斜逸出院墙外，绿叶沙沙，挑着三三两两红红黄黄的果子，好像有意招惹人。是的，墙里那一地浓荫下该有多少熟透在季节里的果香啊！我家老院子里有一棵枇杷树，触地生枝，七丫八杈，蓬蓬一团盈丈。每年五月，一树枇杷擎着金黄的铃铛。透过院墙的梅花洞往里看，每个墙洞似乎都饱含着盈盈的金黄，五月端午景都汇聚到我家院落里来了。熟人路过，眼热地说："哎哟！你家的树好会结果子。"祖母望着繁星似的一树枇杷，平静地说："也不。今年刚好是大年。"其实，她的心里早已甜透了。那些日子，我们有一院子的好心情。

乡间院落短墙、疏篱，时节一到，青藤绿蔓就来布景，绿意葱茏，把一个院落对生活的热情铺陈在春阳夏风里。我们看着季节怎样用粗藤细蔓编织这道花果墙。春风呼唤，墙边上一塘塘丝瓜、扁豆、笋瓜苗儿瓣嫩叶上吐出丝丝新头，缠着细竹、芦秆搭出的"桥"，往墙头攀缘。曾祖母做事很细作，在地上打根桩，在墙头的砖缝里钉上木楔或钉子，用绳子把两点连接，然后，在这经线间编上纬线，编成一张斜织在墙边的网。好风好露里，一网绿色，越拉越多，越拉越沉。墙面叠翠堆绿，不久把墙头也绲上一道绿色的镶边。藤叶间，隐隐现现的瓜花，鲜黄鲜黄的，一串串豆花串儿，紫红月白的，与阶沿边的鸡冠花、凤仙花一起芬芳院落里每一个日子。

至今，我有意味的梦，还是在我家老院子里进进出出。院门外是一棵被大风吹断了的水杉，像刀斜劈出的桩尖儿直指天空，茂密的羽状复叶一层层披挂出顽强的生机。这树像是一个提示：到家了！至此，我们就下车，习惯成自然，像古人到了下马石前，然后推车拐进院子。

院子里是闲散的，只要不怕朽的东西，都可以丢放在不碍事的地方。一块淡青的磨刀石被磨成月牙弯，丢放在老枇杷树下，磨刀开镰时才哗嚓哗嚓热吵一阵，然后又长时间沉寂在树荫里。树侧，放着高高矮矮的"筒子缸"，赤糖的，青灰的。高的，春夏用来等天水；矮的，秋天用来腌咸菜、萝卜干儿什么的。下场边，侧放着一截断条石，这是旧时大户人家建筑的残留，一头凿成榫状。石上可以碰酱缸，可以搁晒粮晒豆的匾子、筛子，可以晒鞋子。总之，一切都和院子里朴素而又不可或缺的生活相关。

条石外,父亲用旧砖插出锯齿形的砖牙,把场和圃分隔开来,这一分就有些秩序的意味:一边是生长,一边是生活。生长着的是一棚垂挂着的瓜豆,是一串青红夹杂的辣椒,是一排青嫩的葱蒜,是一畦碧绿的青菜……生活着的是晾在晒衣铅丝上长长短短的衣裤,是隔着篱墙呼儿唤女拖得长长的尾音,是孩子站在高凳上采瓜摘豆,大人在旁指指点点的场景……其实,父亲用砖牙只是作个概貌式的区域划分,生活需要生长,生长就是生活。这一切在这块相对清静的属于家的园地里,慢慢组成了一天的日子,一年的日子,一辈子的日子。

想起院落,自然想到院门。它朝着院前的路,朝着布满霞光的远方。这一生不管要走多远,院门是一个人最初的起点。它也朝着院落里每间温暖的房间,从院门穿进穿出的风,悠悠忽忽,慢慢把小的吹大了,把大的刮老了。记得我家老院子的前门是铁栅栏门。后门是扇古旧的木门,狭窄简易的雨棚难顶风雨,门板日晒夜露,干翘裂缝,坑洼不平,满是它走过四季的记号。它是我家最能吃苦的门,在背阳处,风霜雨雪里为几代人开过、关过。我们对它的感激只有过年照例贴上一副大红的春联:老院春满,新岁雪晴。

院门轻轻打开关上,打开的是岁月,关上的是记忆。

19 号 大 院

第一眼看到,就喜欢上这院字号的门牌。写在大门左侧彩钢板棚披的赤脚黄沙墙上,石灰粉出一块长条,大大咧咧的魏体黑字,不知是何人手迹。叫大院,还是沿用传统的叫法,旧时大户人家称大院,机关所在地往往也叫大院,民间的大院包罗、家常、随和。

我在这院子里住了两年零九个月,完成了从乡村到城市的过渡,包括生活习性到生活心理。记得搬来前,小客厅里有四块地砖翘了,走路碰脚,请来瓦匠师傅修理。师傅用切割机切除,灰尘同刺耳的声音从敞开的门飞扬出去。邻居来了,建议我们把门关上,尽量缩小噪音影响。自然,灰土也不会影响对门、破坏公共楼道的卫生。对呀,这是在城里,我乡居生活经验里还没有这些细节。

大院里,没有一家一户的车库,每月要花十五块钱到集体车库买两条线停车。车库夜头十一点关门,再有事,必须按时赶回来,要不,车就露天停,不安全。我摩托车里程表上显示的数字还不到五位数。一天,把车上装的东西搬上楼,忘记把车入库了,半夜里才想起，老是不踏实。于是抱着试试看的想法去敲车库门，管车库的老刘倒很爽快，起床开门，让我的车入库。不过，更深人定，把他老夫妻吵醒了，过意不去，之后，碰到诸如此类的事就当心了。

大门前便是繁华的濠南路，那时节，不少小服装屋夜夜带来热火的夜市，屋里莹莹黄黄的射灯，把服装打得很有卖相。大店有宝典传莱、凤凰地毯，还有洋名字的面包蛋糕房等等，各以各的招数努力在这条新兴的路上做出大店的人气。大院门口，有一家家常菜馆，是位下岗大嫂开的，店里很清爽，菜的口味也不错。总之，市井就是把生活要素集中起来，繁华热闹都是在为你着想，生活需要的它都想卖力地安排出来。

出大门径直向右，就能走过南园桥、怡桥，走到长桥、文化宫桥，看尽濠河最养眼的部分。也可以不过南园桥就右拐，走百儿八十步就到了濠东绿地。这生态绿地极力把远处的自然拉到我们身边，比方说，造个小湖，铺点沙滩，小是小样点，但是它努力用片断唤起你曾经有过的或向往有的与自然的亲近。还有古典的小桥，山间或乡野移来的古木，或多或少带来些"明月松间照"、"桥东桥西好杨柳"的久远的宁静。这绿地好似大院的后花园。

出后门，是一条旧街巷。后门落锁，中间的小门敞开，供人出入，也成了后街插到濠南路的便道。小摊贩常把摊儿摆在门里或门外。秋后，一个矮墩墩的外地妇女常会在门侧支起石磨现磨现卖芝麻粉，也有三轮车上搁着板格卖花生、果仁什么的，摊主人席地而坐，眯缝着眼睛，看那模样，不知是待卖，还是在晾晒。入冬还有卖烘番芋的，这是传统食物，那戥盘秤不仅称出斤两，也约出多少古意。坐商行贾，商是几爿缸爿油条店、日用品小店，张罗着小街的味道。一个清晨，我看见一个男子，一手反别在身后，牵着小狗儿,一手托着盛缸片的塑料篓子,边走边啃食刻意竖在篓边的缸片。这是后街后巷的悠然,与濠南路上的繁闹截然两码事。19 号大院就像时光隧道,穿过去,似乎从古旧走进了现代。前后门是城市化进程中多元并存的缩影。

老院子,树长成了气候,楼后长女贞,行道边长广玉兰。5 号楼后的通道上,女贞树和广玉兰在空中挽臂交颈,搭成绿阴走廊,也搭出清静的人居氛围。院西侧的通道贴着围墙,路东一排大碗粗的广玉兰,树枝几乎伸展到围墙上。因此,大院里的日光、月色、灯影都比别处要耐看。春夏,我喜欢把车停在楼后的树阴里,看从树叶间筛下的阳光为车的踏板和坐垫印花。月夜,我常踏着花花斑斑、摇曳不定的光影回家,踏出多少轻悠悠的感觉。记得有盏路灯被旁逸的树枝遮挡了,光透过叶的罅隙漏在地上,像足球表面的图案,很奇妙。

人是大院的魂。白天各忙各的,回家各守一方宁静。楼上住着一对夫妻,男的是驾驶员,女的是医生,只有男人抄水表到过我家。平日夜间人静,听到女人在楼上窸窸窣窣,那是敛着的动静,也不太恼人。接触最多的是管车库的老刘夫妻,如东人,地方口音特别重。老刘是天生港电厂的退休职工,左手因公伤残,遇人老是想遮掩他的伤处,人很实诚,逢人一脸笑。他还兼出黑板报,当流动治保员。黑板报安在车棚的外墙上,老刘读到报上新鲜的话题就上墙,因此,这块墙壁一年到头都是鲜活的。

离开大院多年了,可我还时时想起它,因为它是我城市生活的第一站。想起初夏,开始腐烂的女贞果儿落在摩托车坐垫上一块块酱紫的斑,想起冬日象牙色的结香花一阵阵粗放的暗香,想起老刘咧嘴豁牙实诚的笑……

市井生活

城里呆久了,难免心气浮躁。在我看来,有两处消躁的好地方:一处是墓地,另一处是菜市场。人生差异纵然南海北溟,但是最终的归宿一个样;人纵然墨分五色,可谁也离不开菜碗饭盆。

只要有空,我乐意独揽买菜这桩家务活。提着篮子或马甲袋走进市场,袒露出"民以食为天"的本性。菜市场抹平了人的高低,淡化了世俗油彩或者说光环造成的明暗。不管是怀揣大钞票的,还是小钢镚儿的;也不管是坐轿车的,还是蹬三轮的,人人都要直接或间接从这里买回能入口穿肠化为某些维生素或碳水化合物的东西。先贤说得好:"食色,性也。"面对娘胎里带来的最原始的欲望,人是那样的单纯。

菜市场看起来很嘈杂,但青菜萝卜还带着泥土的宁静。那一捆捆蒲芹、一扎扎豇豆、一根根山药,都是生活里最本色的东西,不需要粉饰,除非是有意的。前些时,看到市场上有卖"二侯青菜"的,借名人效应促销。很佩服市场化头脑里蹦跶出的这个创意,但是青菜毕竟是俗物,不是鳖精、什么浆之类,请名人一咋呼,陡增了某些光晕。青菜这东西还是老百姓千张嘴说了算。本是草根事，就让它保持点原生态吧。到鱼肉摊前，就得嗅嗅鱼肉的腥味；要买活鸡活鸭，就得到笼边闻闻鸡鸭钻鼻的膻气；买河蚌，你得耐心地等着劈，有时还要听刀刮在蚌壳上令人寒毛竖竖的吱嘎声。现在，太多的物事被粉饰了，就像粉了石灰的墙见不到本真的原貌。这些原汁原味的生活，你可以不喜欢，但不可以回避。

我一直一相情愿地认为，如今市场的肉摊与《水浒传》里镇关西郑屠的肉案没有什么不同。那斫肉的剔骨的刀，还是那式样。顾客要一斤肉，一刀斫下，分量八九不离十，眼睛就是秤。要统子骨煨汤，行。拦腰一剁，再握住骨头一端往刀背上一敲，啪嗒，断成两半。大众化的生活就这么简单。拎着菜篮或鼓鼓囊囊的塑料袋走出市场，一天的日子就有了着落。是的，人们最需要的并不是奢华的东西，就是这些最基本的最不易引起激动的要素。

城市是从乡村走出来的，但是并没有也不会走出多远。城市与乡村是阴阳两面，共同组合成一枚完美的硬币，它的面值与时代、社会和生活相等。菜市场是离乡村和泥土最近的地方，是农耕文明和都市文明一个最佳的融合点。那些萝卜、土豆、番薯什么的有时还残留着土迹，这些土迹里储存着风霜雨露里生长的信息。家乡有句俗话：再大的荸荠也是有土腥气的。这话喻指人再怎样也脱不了土气。假如光从本意上看，还真富有生活的哲理，阳光之下、泥土之上的东西怎会没有土味？人间离不开泥土，城市只是把对泥土显性的需求变成隐性的了。

菜市场市声嚷嚷，自由散漫中流露出包容并蓄，闹腾的背后透着平实和朴素。"粉嫩的鸡毛菜啊"，"哎——蜜饯儿萝卜"，"正宗的红胡子芋头"，叫卖声平和自然，在市场化和消费观都很成熟的今天,好货色不需要筋暴暴的吆喝。再说,这家常的菜蔬有多少人不识货?叫卖只是引起注意。就连市场门口卖杂物的吆喝也显得心气平和。学田菜场门口有个卖土单方的胖汉,常常坐在一张小椅子上,两手叉在胸前,也斜着眼睛养神。一块地摊布上堆着一堆小药包,一只电喇叭播放着慢条斯理的吆喝录音,浑厚的男中音,一口地道的南通话:"哎——牙齿疼包好,痒包好,癣包好。"周而复始,随和散淡。一天,停车区的铁栏杆边上端坐着一位拉二胡的老人,反复拉阿炳的《二泉映月》。从外表看去他有点埋汰相,演奏水平不算高,二胡品质也不佳,偶尔会出现弓与弦擦出的沙音。可是他相当地投入,戴着一副老花眼镜,双目紧闭,形神兼备地沉浸在阿炳的境界里。琴声真如一股泉水,在呕哑嘈杂的人缝里流淌。地上一只塑料盒里不知是不是过路人丢进的一张纸币和两三枚硬币。兜里有好几个钢镚儿,哗啦一下全丢到盒里,原以为他至少会稍稍动容吧,哪晓得他的表情没有丝毫变化,古铜色的脸仍然如泥塑木雕。大隐隐于市,高人。

一只小虫爬进车库

　　清晨,几分清凉。天光也美,不像中午一色的亮,东天光鲜,西天幽蓝,形成鲜明的比照。前楼人家一只画眉,叫了一清早,千啭百回。我打开炎夏里仍旧显得冷漠的车库铁门,看见一只褐色的小虫在米黄的地砖上爬行。它那泛着油光的椭圆背甲,合理地分割成多块,遇险,身体能像穿山甲和刺猬,巧妙地蜷曲成团,保护自己。背甲前端一对丝状的触角灵活地晃动,采集着周边的信息。它对打开铁门声和豁然开朗的明亮全然不顾,背甲下两组细脚灵活地摆动,迈着小巧的步子,旁若无人地行进着。那单纯的傻劲儿,叫人有莫名的好感。

　　我估计它是趁着早凉和露水的湿润,从楼前的草地里爬来,穿过了一段对它来说如远足般漫长的水泥通道,从铁门缝里钻进来。它的到来仅是为了生计和生存,是天性和本能的驱动。我知道它不会妨碍我什么,对我也别无所求。它绝对无能力爬上我高在四楼的居室,给我自认为容不得尘埃的清洁带来污点。如果有可能,它只要在墙根找一块拇指大小的土,温暖潮润,安家,找到性爱,养育后代。它虽生存在城市的绿地上,但依旧保持着土渣子里带来的纯天性,不像我几乎让物质欲望的白昼隐没了天性的星光。今天我的居住环境与它格格不入。我这二十多平方米的地方,已无它立锥之处。你瞧,四壁水泥粉刷得严丝合缝,地上釉面砖光洁而坚硬。地砖下有人工防潮层,隔绝了地下的潮气。在这炎夏里,太阳一照,一丝湿气星儿都没有。如果不能依原路返回,等待它的将是死亡。我过年掸尘时,就曾经看见过它同伴干枯的躯壳。

今天看到它,真有久违的感觉。这小虫乡间俗称"烂虫",喜欢生活在腐殖土里或朽烂的木块中。我不知道它的学名,但这并不妨碍我与它亲近。儿时几乎随处就能见到虫子,饭桌下只要掉一点食物,一会儿肯定就有蚂蚁来光顾。春日,灿烂的阳光和菜花,芬芳着门户,常会有菜花蜜蜂独自飞进室内,嘤嘤嗡嗡的颤音,唱得春光满舍。夏夜,人们躺在场院心横陈的桌椅上乘凉,走廊里要是亮着灯,时常会有趋光的甲虫,在廊上撞墙碰壁,噼啪扑地,软翅还拖在鞘翅外,为神秘的夏夜平添几分意趣。烂虫也常与人同居一屋,生活在墙根的虚土里或灶门口的草屑中。儿时喜欢好奇地用草触碰它,看它蜷成一团,再看它自认为"警报"解除后,恢复常态爬走。

我家车库里存放着不少物件:两辆摩托车、两辆自行车、一台洗衣机和一只冰箱,还有旧橱和旧桌。打开车库门,我首先看到的是这小虫。尽管渺小,但它是一条鲜活的生命。生命的灵动对视觉有着抢先的冲击力。在造物主的眼里,小虫与人只不过属于不同的物种,本质上并无二样。我仔细端详它,感触这卑微生命的每个细枝末节。高科技手段能造出仿真的"机器虫"和"机器人",逼真精妙迎合人的胃口,可是它们毕竟没有真实的肌体,没有血肉,没有奇妙的生理系统和生命运动。天然的生命是多么可贵呀!

晨光毫无阻拦地透进来,从生存意义上讲,车库内只有我与这

三塔谣

小虫是活物。我相信此时它用触角一定触摸到这晨光,应该说今天也属于它。丰富博爱的大地是万物的家园,贴近生命的本源就会真切地感受到大自然的恩德,即便是一个卑微的生命也能如此完美展现出大自然造化的美妙。我要由衷地感谢楼前的这一片绿地,它时常还原我儿时亲近自然的记忆。雨后初霁的静夜,我喜欢等家人睡了,关掉所有的室灯,手捧一杯藿香茶,兀立在纱窗前,细听草地上虫们的大合唱,一声声长嘶短吟经雨水洗过滤过,清亮得有如满天繁星。我甚至把自己想象成坐在荒郊野外,让自己着迷地沉浸在这天籁里,因沉浸而感动,因感动油然而生感激的情愫。

我承认我世俗了,向往郊野的自然,可又十分依赖人造都市提供的百般好处。为了生计以及尘世间种种念头和理由,我几乎习惯了砖混或钢混"丛林"里的生活,习惯了超自然。今天邂逅这只小虫,是一次机缘。它的到来,远没有一只蝴蝶飞进我的窗口来得浪漫,但引发我触摸生命,追寻生命的本源。其实人生命本身就包含着不少幸福,比如感官系统为我们洞开各式感知外部世界的窗口;呼吸系统畅快地呼吸就打通了吐故纳新的通道;泌尿系统撒泡尿也能撒出快感来……能时常感知、珍惜这一切,就是有福之人。

真要好好感谢大自然的造化,感谢阳光和泥土,感谢生命。上苍的安排,父母给了我血肉的生命,我就要好好守护她。在都市繁华里,我需要尽一切可能离泥土近些,再近些。因为越接近泥土,就越接近生命的本质,也就找回了真正的自我,活出了本真。

最后得说一下小虫的结局。我用笤帚小心地把它扫到一张硬纸板儿上,送回了挂着露珠草地里。

街　巷

　　这里的巷子有的叫街。有庙的叫寺街,有学堂的叫中学堂街,还有官地街,巷子不大,名气不小。

　　城市的建筑群像灌木丛,现代化如生长素,催生出多少高高低低的"树林子",不断给人制造着陌生感。这一群清末民国初期的老宅群似乎是城市房屋的化石标本,成百年不变化了。街巷外,高楼拔地,五光十色,而巷里还守着秦砖汉瓦、旧壁颓垣。街巷作为物质存在,距离现代生活似乎很遥远。作为精神存在时,又是那样地让人亲近。连那鱼鳞般的瓦楞上,瓦楞草也摇曳着自我陶醉。走过街巷,那大大小小的门堂,或掩或开,都藏有一屋子的陈年旧事。一些较阔的门堂,偶尔还能见到石门鼓,鼓上刻着祥云什么的,显示着当年主人的地位。不过如今都铅华褪尽,都一样用门框、门肚板上岁月啃啮的凹痕,述说着岁月沧桑。有的人家,大门上张贴着传统的对联:福到祥门,喜临吉宅;积善人家,向阳门第……以此传承着祖上遗风。巷径深深,中间已铺上了平整的人行道板,可两边靠墙处还特意留存着一带乱石铺街的老路面。暗红的石块,

三塔谣

走过世纪风雨,每一块都能找到岁月的足迹。守着这些古董,就是守着历史和文化。这么一想,巷里人就有几分兴奋。南通人可以不懂某某大厦,可谁不认识十字街和钟楼?认识钟楼就晓得寺街。六桥之内(老城区),这里是中心瓤子,从前一城的精气神都聚集在钟楼一带。外头楼再高,灯再靓,都是枝,城的根在这里。

一个盛春,我站在一座楼上看寺街。这些老平房让人形象地悟出老祖宗们造"家"字时的创意。青砖小瓦封火墙。那屋脊背负过太多的风霜雨雪,脊上刷的黑早已褪色了,白墙也泛黄了。但是,这简朴的黑与白构成一个对立又和谐的人居环境,寄寓着东方人朴素的生存哲学,阴与阳、圆与缺、盈与亏、分与合,相克相生,消长更替。这些清一色的民宅,没有咄咄逼人的气势和眼花缭乱的视觉危机,人字屋面和黑白色调,养眼,也养心,看着心里就安静。更有应时的春绿点染其间。这边四方的天井里,嵌着一个常绿球,似乎长满了天井。那边一株老柳,数枝出墙,鹅黄四泗。一山墙的爬山虎或是凌霄,亮了一面墙。还有那蓬浓绿,辨不清是冬青还是女贞,伞盖般擎在房屋的上空,绿得好深沉。好听的鸟叫就来自那蓬绿色里。阳光尽情洒落,似乎有嗡嗡的声响。这些"家树"多半是先辈们栽下的,寄寓着荫庇后人或美化家居日子的情感。狗养狗痛,猫养猫痛,谁家的谁喜欢。那一枝一叶见证着路过院落的日复一日的阳光和清风,一圈圈年轮,储存着一个家庭悠长的记忆。

假如把街道比作血管,街巷这样的血管永远不会得"高血压"。巷子是在它的那个年代里形成的,开不进汽车,也容不下行色匆匆的人流。空了,也就静了。闹市里热闹繁华和生活的快节奏丰富了日子,也因此把一些生活细节囫囵吞枣了。巷里的阳光随地上屋脊和山墙的阴影慢悠悠地拉长缩短,让人平静地从容悠然地品呷日子。冷也好，热也好，人活的就是个滋味。这滋味本就源自我们宁静的内心。

街巷既然搭上个"街"字，照例有些小店铺，都是日杂店、油条烧饼铺、馄饨面店之类。逢农历初一月半，有香客到天宁寺进香。街巷自然成市，两边摆满地摊儿，卖的多半是俗物。日出而集，日中而散，一切都顺应自然。逛集的、进香的熙来攘往，这一天是街巷的节日。其余时间街巷静静的，有空谷回音的效果。一辆自行车颠簸着穿过巷子，链条弹跳着碰击链条箱的声音，就显得特别夸张。当然，给我感触最深的是有生活气息、有味道的人语声。前年元旦下午，天突然下起小雨，一个摆摊卖零食的中年妇女，推着摊车赶回家。有熟人问生意怎么样。她说："不来事！现在吃的东西委实多。人像鸭子样的，吃得饱饱的不上食啊。"在这老巷里，只要留心，就能听到这些鲜活的民间语言。那天在巷子口的面店里，一个汉子感冒发热，四肢无力，他说：这几天，人像只瘟鸡，只是打蹲蹲（缩头缩脑，呆着不动）。还有，看到小孩子苦巴着脸要哭，老一辈人会说：哎哟，伢儿脸瓢了（面部变形了）。

用现代眼光来看，这些方言也许很土气了，可它来自时光的积淀，来自民众的智慧，幽默诙谐，富有感染力。这青砖小瓦房，这古巷，就是这些土话生存流传的背景和环境。街巷说不定什么时候会改造，但是我想，无论时光的流水怎么冲刷，一些带有生命色彩和生活本真的东西总会顽强地积淀下来。

说"口话"

　　过去,南通人起房造屋,有请匠人说口话讨吉利的风俗。所谓"口话",是匠人口口相传的恭祝主家富贵、吉利的顺口溜,当然内容要合乎吉事的特点和情景。所谓"说",带有哼唱的味道,有一定的韵律,讲究抑扬顿挫,类似于皓首穷经的老夫子诵"八股"。说口话的风俗,折射出先辈们企盼幸福、向往生活的人生理想,从一个侧面反映了那时的风土人情和人们的生存态度,是我们探寻家乡民俗的一扇独特的窗口。

　　起房造屋最隆重的庆典仪式莫过于上梁。那时的民房,正埭房子(主房)一般为三间,也有明三合(南通方言音同葛,共的意思)五的(外表看是三间,内里分五间)。中间是堂,两头是房间。每间的房梁五根或七根,叫五架、七架。上梁要择吉日良辰,其时其他的梁都已就位,单留堂上的一根正梁未上,用来搞仪式。良辰吉时一到,木匠和瓦匠各四人或两人,吃完糕茶,分两边,依次缘梯子登上房顶,一边登,一边说口话:

　　"脚踏金梯步步高。一步高来二步高,高升吉炮闹吵吵;三步高来四步高,和合儿神仙把手招;五步高来六步高,金银财宝往家挑;七步高来八步高,八仙过海浪滔滔;九步高来十步高,主家府门才建造。"

每个人都要说到,互不重复。这里仅举有代表性的一例。上得顶来,两边的匠人在木穿上站稳,用千斤(麻绳)把正梁请上来。这时,大小鞭炮齐鸣,来贺喜的、看热闹的人头攒动。仪式进入了高潮,匠人都希望显出说口话的能耐,得到众人的欣赏,下面看的听的人越多,说得越卖力。按规矩左首为上,上首的先说,下首的再来应和,你说我接,此起彼伏。上梁的口话有多种,一般通用的多,例如:

"五子登科喜洋洋,主家请我来上梁,两边上的沉香木,中间上的紫金梁,紫金梁上长(贴)福字,福子福孙福满门,福禄寿字放光芒,子子孙孙出的状元郎。"

有些口话是针对上梁时特殊的风俗而说的。有的人家上梁时,请为首的匠人系上青布围裙,裙兜里兜着馒头、粽子、糕、铜钱,匠人边说口话,边从兜里抓些糕粽等往下抛,下面的人抢着接应。这时所说的口话要与这特定的场景相吻合,情景交融才出彩:

"青布围裙绿布腰,桃红腰带两边飘,你抛馒头我抛糕。抛梁抛到东,府上买田我作中(介绍人);抛梁抛到西,府上凤凰踱金机(指机口,木脊柱上的榫头);抛梁抛到南,府上买田造海船;抛梁抛到北,府上买田造新屋。"

有的人家上梁用的是箅子(箅,南通方言音同"节"。用芦苇眉子编成约一尺宽的芦菲卷,专用来盘粮囤)。箅子谐音"接子",喻示多子多福。正梁上好后,把箅子卷在梁上。这时说的口话是:

"芦头长得八尺高,做成箅子像龙腰,昨日堆在栈房里,今日卷在正梁上。两头卷的是沉香木,当中卷的是紫金梁,紫金梁,紫金冠,子子孙孙做大官,做了大官还嫌小,御史天官封国老,左国老,右国老,国老头上戴金花,大富大贵出在你府上。"

口话中也有问答的形式,这边问,那边答,以此来求变化。

问:"我说富贵谁成双? 主家请我来起庄。上用多少满砖瓦,下有龙橡几百双,什么人造来什么人装,什么人出笔写文章?"

答:"你说富贵我成双,主家请我来起庄。上用十万八千满砖瓦,下有龙橡五百双,张班(传说是瓦匠的主师爷)造来鲁班装,孔夫子出笔写文章。"

梁上了,下梯子时也要说,当然不能说"下",那不吉利,说"深"。

"一脚深来二脚深,脚脚踏的凤凰灯;三脚深来四脚深,四海人同富贵春;五脚深来六脚深,福禄双全喜盈门;七脚深来八脚深,神仙送来聚宝盆;九脚深来十脚深,主家府门新建成。"

南通临海傍江,过去交通不便,经济不发达。升斗小户起房造屋并非易事,可以说穷尽一代人毕生的心血。人们把许多复杂而美好的心愿和情感寄托在起房造屋中,甚至于涵盖到每一道工序里,企盼新屋落成能给家庭、给子孙后代带来吉祥安康。例如钉橡子、盖望砖、盖瓦、做屋脊完工时,有个很吉利的叫法,叫满仓。满仓时也要请匠人说口话,通用的满仓口话有:

"手拿顺治钱来满仓。一满天堂平安福,二满人间富贵春,三满太平真富贵,四满百鸟朝凤凰,五满春耕是碧玉,六满秋收是黄金,七满南山松不老,八满东海水长流,九满门前摇钱树,十满堂中聚宝盆,聚宝盆里一枝花,大富大贵出在你府上。"

此外,蹾磲稟(柱下基石)、竖柱、装大门、装子窗(房间的窗

子),考究的人家也要说口话。这里略举一例:

"新装大门七簇星,手拿金锤钉银钉,左边开的是恩哥(一种鸟儿,叫声悠扬悦耳)叫,右边开的是凤凰身,凤凰不站无宝地,有宝之地出贵人,贵人头上一枝花,发财发到你府上。"

还有些口话反映了那个时代的农耕生产和生活,值得一提。例如:

"棉籽生来椭儿圆,立夏节儿下田去,五月里棉花像支钉,六月里棉花赛乌云,七月里棉花伏桃好,八月里棉花朵朵开。拈花娘子下田来,朵朵棉花拈上来,拈花的娘子手里巧,一天拈到几千几万包。轧花车子生来四角方,一百棉籽一百花。抨花的师傅手艺巧,手执弓儿把锤敲。撚条子的姑娘生得巧,撚的条子像银条。纺纱的姑娘生得巧,红木锭子把纱摇。纺的纤子灯笼大,做的筒管上箩挑,经的布来绞头摇。左边织的恩哥叫,右边织的凤凰身,下头织的桃花片,上头织的百样花。染到东沟里洗,西沟里汰,染到红而青,青而红。府上交给师傅来搭彩(挂红披彩),原人搭来原人收,我收彩布布不要,交给府上做龙袍,龙袍做到触地拖,府上代代做大官。"

岁月更替,社会发展,这一寄托着祖辈们美好心愿和生活情怀的风俗,已成为昨夜星辰。不过,从不要数典忘祖的角度来说,我们应该懂得、记得我们脚下这片土地上,曾经流传过这样一种民俗。

家 常 便 饭

锅　巴

锅巴是煮饭时烧出的附带食品，就像到地里拔萝卜连同拔起了旁边的一棵葱或蒜。由此一日三餐粗淡的家常饭就多了一份花样。

农家的草灶上才能烧出上好的锅巴。要是烧棉花秸之类的硬草，饭锅收了汤水，就不再添柴草了。锅膛里火眵如一天繁星，明明灭灭，余热烘烤着锅底，饭锅内咂咂有声，似有几只螃蟹在吐沫，满屋子扑鼻的饭香。烘了一刻，用火铁剖开上层的灰烬，剖出闷在灰下的火眵，或者再添二三个软草把也行，靠锅的一层饭被烘得焦黄，成为锅巴。一大锅饭，锅巴只有铜钱厚的一层，但"青出于蓝而胜于蓝"，香得老到，乡村千篇一律得像克隆出来的平淡日子，正需要一些新奇的刺激。

饭前的炊烟，饭后的铲锅巴声，是很暖人的乡村风情。铲刀与锅底的摩擦声似乎能穿透中午歇晌着的所有空气。中饭桌上肚子已吃得圆滚滚的了，但孩子们仍喜欢候到灶边看大人铲锅巴。锅巴的香脆和形状，抚慰着乡下孩子对城里茶食的奢望。连大人们有时也经不住黄爽爽、香喷喷的诱惑，边铲边掰块尝尝。也有刻意烧锅巴的，饭锅收汤后，在饭边缘抹一圈豆油，让油沿锅边渗到锅底。这样的锅巴黄得泛亮，而且铲起来爽快。火候到家，锅巴好铲，能铲出一个锅状的整体。

锅巴出锅后放到匾子里，晒上几个好太阳，干透了，就成了自制的干粮，能够存放一段时日。要是哪天粥煮薄了，从淘箩里掰几块锅巴泡在粥里，香糯而耐嚼。农闲时外出做小工，节俭人家，把锅巴一块块叠好，用毛巾一掬，提着晃悠悠地上路。食用时用热开水泡软，就着家腌的咸茄儿、生姜芋什么的，香喷喷，一顿中饭就打发了，这是乡间的快餐。二十年前，一位节俭的老同事，春日里就烘好若干锅锅巴，暑假里学校组织教工旅游，每回总是带锅巴和四川榨菜出行。平心而论锅巴只是俗了点，口感不比八宝粥、方便面之类逊色，夏日里又清淡消暑。那次在上北京的火车上，她泡了一瓷罐，香了一车厢，外地人不知是何物，皆好奇而问。

锅巴是俗物，但城里就像需要乡下匠人一样，也喜欢这种俗物。据说解放前锅巴就登上了上海滩的宴席，菜名叫"三鲜锅巴"。改革开放后，锅巴也走上我们这座江北小城的餐桌。厨师把锅巴投入油锅里炸酥，堆放在碗里，端上餐桌，浇上带汤汁的菜肴，刺啦一声，热气腾腾，香味四溢。这道菜不仅有色香有口味，还有声音，因而也有了个动听的菜名："春雷一声响"。

籾 子 饭

在那为吃犯愁的年月，粗糙的籾子是苏北平原上农家养家糊口的恩物，养活过我的祖祖辈辈，喂养了我的童年。农谚说：立夏后十八天吃干粮。这干粮便是元麦，粞子是元麦磨成的粗麦粉。布谷声里，五月的熏风终于熏黄了田垅，枯黄的麦秆草散发着太阳的燥热，古老的打麦号子激动着孕育了一冬一春的田园，于是元麦的清香一直从田头香到打麦场，香到磨坊，香到农家历尽春荒的灶头和坛坛罐罐。

麦秆草烧粞子饭，是桩很耐心的家务活。纯粞子煮出的饭叫真粞子饭。锅里水沸了，用瓢儿把粞子慢慢扬在水里，边扬边用铲刀不停地抄动，让粞子均匀吃水，干湿一致，饭才不至于夹生。乡村的孩子高出灶台一头就上灶了，扬抄粞子要站在趴儿凳上，使尽吃奶的力气。初始煮粞子饭还因拿不准水量而烦恼。水分嫌多，再扬些粞子；粞子嫌干，再添点水。有时要反复几回才能抄妥帖。抄得筋疲力尽了，回到灶门前一看，锅膛里麦秆草早就燃尽，冷冷静静的，一点火星都没有了。

烧粞子夹米饭更有讲究了。家里来了上客或宠爱小孩子，一口锅里能烧出"鸳鸯饭"。米锅烧开了，铲刀反过来把米往里锅推，把粞子沿外锅边扬进汤水里，边推边扬边抄。巧妇能煮得米饭里不见粞子星，粞子饭里几乎没有米粒。饭熟了，揭开锅，里半爿雪白，外半爿赭红，如鸳鸯火锅。米细粞粗，即使在黏稠的真粞子粥汤里，也能演绎出温馨的亲情。备受长辈疼爱的惯宝儿，常吃一种特殊的米粥。早炊或晚炊的粥锅里翻滚着一个小纱布袋，时沉时浮，那是只米袋。粥熬好了，米也熟了，食用时，捞出来把米倒进碗里，掺入粞子粥汤。我小时候就享受过这种特殊的待遇。像城里的妈妈喜欢吃鱼头一样，乡下的妈妈喜欢吃粞子。

粞子当家的年月，有这样一句顺口溜：吃的米心，养的痨精；吃的粞子，养的赖子。这未免有摘不到葡萄说它酸的味儿，但面对艰难的生活,需要用精神自慰来支撑起每根安身立命的神经。更何况这也不是瞎话。何为赖子? 乡里有"猪赖子"一说,想来是食口粗、容易养活之意。是的,吃惯了粗糙的糁子饭且听惯了磨坊里箩筛咔哒咔哒响的人,吃什么都会是香的。

面疙瘩儿

粗粮饭食是彪形大汉,面疙瘩儿便是小家碧玉。拖着儿化的尾音,像女孩子晃着长辫子更能显露出它的柔情。启海人更浪漫,叫面鱼儿。小面团儿汆到水里,像一条条游鱼,很形象。

擀面条费时费力,逢年过节才蒸馍头包饺儿,面疙瘩儿是更加生活化的"懒妇面食"。傻瓜式的制作方式,立马可成的烹调过程,而且口感也不错,细腻而柔滑,多味而筋韧,极易让人产生亲近感。

最好是刚起田的粉嫩的小白菜下面疙瘩儿。菜汤上飘着嫩绿的菜叶和油花儿,专等面疙瘩儿来加盟。面粉加水加调料,顶好再打进两三只鸡蛋,搅成糯糊状,用调羹一块块抄入菜汤锅里。图省事,可端起面糊糊碗,靠手腕抖动,有间隔地把一团团面糊抖进汤里,这样烹制的面疙瘩儿大小不一,形状各异,有的还拖着个性化的小尾巴,平添了几份天趣。面疙瘩儿们飘然地汆进菜汤里,安静地潜到锅底,让绿菜们雍拥着,等待成熟,成为可人的面食,向喜爱它的人们展示物性的美好。

面疙瘩儿盛在白瓷碗里,黏稠的汤汁有剔透感,包孕着白的面块和嫩绿的菜叶,面食、青菜、汤汁如黄金搭档。面疙瘩儿调节了一日三餐太过确定的早粥午饭,让一成不变的茶饭有了新鲜的意趣。它还能满足不同对象的需求。爱吃有咬嚼的,那就在搅和面粉时扣点水;爱吃软和的,那就多加点水;也可以把面粉搅成很稀

三塔谣

的糊,这种黏糊糊的青菜面粉汤不见一块疙瘩儿,叫糊糊儿,是面疙瘩儿的孪生姊妹。胃口不好,嘴里寡味,来碗面疙瘩儿换换口味;身患小疾,消化不良,来碗面糊糊儿养养身子。

　　最好是夏天,落霞满天时,端一碗凉透了的面疙瘩儿,坐在纳凉的竹榻上,喝一口粘嘴唇的疙瘩儿汤,晚凉顿生。

夏里小吃

　　谁家有个能干的巧妇,谁家的日子就会光鲜。记忆中,曾祖母就是四方一圈出色的巧妇,她老人家做事利索清爽,扎的鞋底硬挣,针线活儿人见人赞,家里门外都收拾得妥妥帖帖,更有一手好厨艺。这一特长我估计得益于曾祖父的濡染。曾祖父是厨师,曾经在南通师范学堂里包过厨,用现在的话说是承包食堂。曾祖父过世早,他厨艺好丑我没能领教过,但从曾祖母提到的一些往事里,我觉得他手艺应该不差。他曾经为了救急,用秀胡不久的嫩玉米棒,切成条状,挂上糊,下油锅一炸,做成一道菜。

　　当然,这种小吃是很奢侈的。你想,玉米正发育,吃了,多可惜。勤俭持家的人是万万舍不得的。因此,曾祖母断然不会做这样的"油炸玉米棒"让我们消闲。不过,夏日里我与弟弟倒是吃过她煮的烤的烘的玉米。

　　家乡的本玉米与北方的黄玉米截然不同。北方玉米,棒大粒粗,我们这里偶尔也有人家种,人称"老人牙"。家乡的本玉米像小家碧玉,棒头细巧,色泽如玉,籽粒像美人的石榴齿。间或还有花玉米,洁白的籽粒间不规则地间夹着紫色的玉米粒,很好看。北方,待玉米茎叶枯黄了收老玉米。成串地挂在屋檐下,或成堆地堆在院场上待剥籽粒,渲染着一派村景。家乡的玉米大多是作为小吃的。玉米蔫胡了,茎叶还一片黛绿。籽粒已长饱满,有的还能掐得出白浆,掰下来,煮了吃,香里透着鲜甜,连煮玉米的汤都是消暑的饮料。要是老玉米,下锅前,曾祖母就用菜刀绕玉米棒轻斫一圈,煮熟了,玉米糊从籽粒里胀出来,吮食,别有风味。

还有种吃法是把玉米戳在火铁(烧草灶挑草用的一种小铁叉)上烤。事先把新掰的玉米放在灶台上,引火煮饭了,曾祖母把两穗玉米戳在火铁叉上,伸进锅膛里烧烤。玉米籽粒噼里啪啦地爆着玉米花,整个厨房里洋溢着喜庆的气氛。烤玉米带着干香,很耐嚼。

曾祖母烘玉米的方法很独特。掰玉米时不去箬壳,烧好饭后,把带箬壳的玉米棒闷在锅膛的火星里慢慢烘烤。当然,烧火时要烧棉花秸、树枝之类的硬草,火星延续的时间长,才能把玉米烘熟。剥开焦黄的箬壳,透出一股浓浓的清香,玉米籽粒灿黄,烘得恰到好处时,就像一穗金玉米。籽粒越嚼越香,且香味独特,其他各种吃法都不及。这种烘玉米带着箬叶的清香,成为我们对乡村夏天最悠长的回味。

曾祖母四时八节都能做出应时的吃物。清明时她做锅摊春卷,用一方菜根蘸了豆油,涂抹在锅底上。然后舀一勺面糊,甩条弧线,把面糊泼在锅里,再用铲刀摊开,不一会儿,一个腰子型的春卷皮就摊好了,包入鲜绿的韭菜,再夹点蛋皮丝、肉丝,吃起来很肥美。中秋节她做油炸糍儿,这种家做的"月饼",把中秋气氛渲染得酽酽的。皓月临空,满地月华,豆棚瓜架上深深浅浅的唧唧虫鸣,露珠正悄悄爬上瓜豆。一淘箩"月饼",挂在晒衣钢丝上过夜,成为温馨的院中一景。夏日,吃物东西更多,曾祖母空闲了会露一手,让我和弟弟在解馋中感受"吃里夏天"。

屋后有一条叫车号（原先有座水车棚）的小沟头儿。临水人家，用水便当，也多得多少河趣。坝头一丛野菰里有只苦鸭雀儿，苦啊苦啊的叫声常引发出人悲悯的情绪。我们透苇草缝窥视过它，鸽子大小，黑色，腿修长。它能扇动翅膀，在河面上啪啪啪踩出一路水花起飞。盛夏，我们常下河戏水消暑，或者摸螺踏蚌，掏蟹捉虾，来改善生活。

曾祖母挑螺儿很有情趣，把氽熟的螺儿盛在瓷脸盆里，脸盆放在一只高脚洗衣盆中，人坐在趴儿凳上挑螺儿，高矮适中。脸盆比洗衣盆要小，两个盆之间空出两寸多的间隙，从脸盆里抓螺儿，挑出螺肉，啪哒一声，空壳就落在间隙里，很方便。这时候，她会倒一碟酱油，再滴入些许麻油，放在螺儿盆里，我们挑出螺肉直接蘸调料吃。这种原生态的吃法，吃的是生活的本味。

虾儿、蟹是水里的上等物。夏天，螃蟹多半还是软壳，离肉满膏肥的日子还远，但可以尝尝鲜。曾祖母一般用蟹来氽汤，与去皮的黄瓜片、豆瓣一齐氽，起锅前再洒把韭菜段，味道鲜美无比。曾祖母还喜欢做干面拖蟹。在面粉里加入佐料、洒下葱花，调成黏稠的面糊。斩去蟹的尖爪，再拦腰切成两爿，裹上面糊，下油锅炸。她火候把握得好，炸出的干面拖蟹，面色嫩黄，裸在外面的蟹壳或蟹脚通红。这种别具风情的小吃，像是一幅民俗的写意画。我与弟弟喜欢一人端一小瓷盆，坐在走廊里的门槛上慢慢撮食。蟹是我们自己捉的，捉时的喜悦似乎也炸入了面团，吃起来特别有滋味。这时，曾祖母还在灶头忙饭，她那月白的短衫上洇出大大小小的汗斑，佝偻的身影，分外暖人。远处，凉爽的东南风赶着棉浪稻浪滚来，激荡着回肠荡气的夏意。

家 乡 小 菜

在南通方言里，小菜就是荤荤素素等菜肴的统称。跑亲戚叫"出门"。逢亲戚有事请客，出门是到亲戚家吃好小菜的。请客得办小菜待客，敬祖需张罗小菜供祖。这些是老"黄历"了，如今物质丰富，菜肴丰盛而且呈现多元，真的疑惑还该不该叫小菜。

我想，家乡人称之为小菜是有其道理的。那时人们还不懂什么叫营养学，只知道人是铁，饭是钢，小菜是佐以下饭的，飘溢着烟火味和生活气。它不生猛火爆，也不大肆铺排。待客尽礼数而又知适度，过小日子于节俭中寻求生活的滋味。请客无需列菜单，第一道菜上桌，食者心中就有谱而知看菜吃饭了，因为一桌酒席的小菜基本上有约定俗成的道数和内容。八碗头就是八碗菜。用的碗是比盛汤用的大碗小，比日常盛饭的二碗大，俗称红花碗。日子过得紧巴巴的，办桌小菜不易，但聪明加精明的南通人总有法子想，肉类甚至是蛋类只用来做盖头，下面衬以蔬菜，这是约定俗成的做法，搛去面层的荤菜，露出青菜底，无人感到意外或虚假。盖面的荤菜也是百姓荤菜，如红烧肉、狮子头、炒肉片等，还可以是煎鸡蛋,这种煎法与煎荷包蛋不同,把数只鸡蛋的蛋黄和蛋清搅匀,倒入油锅煎成饼状,起锅时,用铲刀十字花刻成四块,披在菜上。

小菜不论好丑,入席是要讲规矩的。一碗小菜上桌,并不能想吃就搛,要事先把筷子头悬在小菜上方,像鸡啄米一样点儿点,对同席的道声,来,大家请请。要是众人附和说,请。才可以动筷子。搛菜也只能挟靠自己一方碗边的菜,至多搛到碗中,要是隔河打网,搛到他座的碗边,那就是丑相了。八大碗是不用调羹的。喝汤得端起碗喝,当然事先要拘礼,长者为尊,然后可以依座位传递。喝过汤,讲礼套的,要用手掌在喝过的碗口外沿蹭一下,双手端给下一位,以示恭敬。

稍高档一点的酒席小菜是六碗四,四个冷盘,六个大菜。这种小菜多半是喜宴才办。使用的碗比八碗头要讲究。是种叫"辟子"的碗,专用于酒席,外形比一般家事货的碗要好看,且是青花瓷的,碗外侧饰有青花的古装人物或图案。

六碗四最讲究齐整。切冷盘,不论猪牛羊肉,每片厚度均匀,一片压一片叠放,类似推倒的多米诺骨牌,下层分放二排,上层居中压一排,有条有理地堆放盘中,称为平盘。上桌时,可在冷菜上,再点缀几根碧绿的芫荽。无法切平盘的食物,也不可造次,如拌菠菜之类,跟汪曾祺先生写他家乡高邮拌菠菜作法差不多。先将焯过的菠菜切细,挤干,加作料拌匀,在扣碗底洒些虾米,盛上拌菠菜,将碗扣在盘子上,揭开扣碗,菠菜呈馒头状,一团翠绿,顶着些许淡红,甚是齐整好看。

六个大菜有相对固定的花式品种。头菜主料肉皮、肉圆和鱼圆(俗称虾腐),辅料是菜头、笋片等,因此又叫三鲜。两道扣儿菜,鸡肉和虎皮肉作盖头,蔬菜衬底,但无论是制作,还是质量要比八碗头考究多了。整鸡和虎皮肉已基本成熟,拆去鸡骨,用刀侧面把整块鸡肉拍平伏,切成大小相当的块,虎皮肉切成厚度适中的片,有皮的面朝下,整齐摆放在二碗里。若是茨菇之类的衬底,可将熟茨菇直接盖在鸡肉或虎皮肉上,加上作料,放入蒸笼里蒸。数量少,也可在饭锅里蒸。也有上桌时根据需要现炒蔬菜来衬底的。上桌时,把辟子碗扣在二碗上,翻个身,正好把面菜翻上来了,加上汤料,揭去二碗。鸡肉粉白,虎皮肉酱红,浑圆平伏,未曾动筷,食欲已生。这个过程叫掰扣儿。其余三道菜是炒韭芽、整鱼或烩鱼块、尾汤。即便稍有变化,也不离其宗。

南通人办小菜有讨吉利的习俗,比如整条的鱼是不食用的。名为六碗四,实际上只有五碗菜。端盘的端着放有两碗整鱼的木质方盘,高声道,鱼来了。众人说,余(鱼)在府上。为主家讨到了口彩,于是端盘的就把整鱼原封打回,象征性地上了道菜。也有把整鱼端上桌的,但谁也没动筷,仍然余在那里,这是老规矩。

说到六碗四就得提起六碗八,后者是在前者的基础上加了四盘炒菜。这两个姊妹篇的系列小菜,一直是上个世纪 80 年代前,南通人设家宴待客的大众化小菜。

在家乡人心目中小菜是雅的,五味调和百味香,能上厅堂,敬客待人;又是俗的,家乡人把萝卜干和酱瓜等都称为咸小菜,摆在厨房的快口桌上,让人增饭量、长精神、添力气。吃小菜,吃物质,也吃的是精神,咀嚼生活的滋味,品评饮食文化,回味人情世故和天伦事理。

灶 头 炊 事

乡村对黎明的知觉是从灶头开始的。麻麻亮的光,从豆腐格似的窗户挤进来,家人还在熟睡,家庭主妇就蹑手蹑脚地推开烟火气十足的厨房门。吱哑,门转轴一声响,一个家庭一天的日子就打开了。

她从人字梁的木柱上,熟练地摸起挂着的围爿儿,系在腰间。一双巧手尽量不弄出声响,但一些不可避免的声音还是传出来了。先是打开坛子的抄米声,她把盛满米的瓢儿尽量凑近淘箩,米流声依然有玉般的质地。接着是揭开水缸盖板的舀水声,水从缸里先舀进淘米的钵头里和锅里,然后再舀进半藏在灶壁洞里的铁罐中(粥煮熟了,铁罐里水也有些温了,家人起床后就有温汤洗脸)。水流落在锅里、罐里,随物附声,哗哗啦啦,汩汩呼呼,像拉家常般亲热。她抖动淘箩淘米,米与竹篾摩擦出喊嚓喊嚓的响声,演绎着乡村日复一日家常而又充满生活的清晨。把淘箩里的米浸到水里,滗去漂浮的糠皮,清水变成乳白的浆。准备停当,她用围爿儿角擦干湿手,走到灶门前,坐在低矮的烧火凳上,从身后抽出一把引火草,折成草把,从两个灶门间的壁洞里,摸出火柴,哧的一声擦出火苗,点燃草把,塞进锅膛,呼哒呼哒,风箱拉起来了,屋顶敦实的烟囱吐出了第一缕炊烟,迎接着满天飞霞。

庄户人家可以没有堂前间,但不会没有灶间,再穷也得搭间棚披,找只破坛子或缸,用泥搪只锅箱。草灶是砖砌的,多半支两口铁锅,里锅大,用来煮饭;外锅小,用来烧菜。灶一侧的墙壁上,挂着一块四指宽打孔凿槽的木板,孔里槽中插着铜勺铲刀菜刀笊篱,有精武馆前竖着十八般兵器的味儿。锅里煮的是粗淡的茶饭,烧的是自家田里种的蔬菜,但灶头的热气和锅膛橘黄色的火光,天天蒸腾着、映照着家家户户对生活无限的情感。

烧火是老人和小孩最适宜的贴手脚的事。稻草或麦秆一般是用来引火的,但没硬柴时,也用作燃料。草穰,容易把火苗闷住,冒黑烟。一手用火铁挑起草,一手拿起烟熏火燎的吹火棒(一段捣通的竹),伸进锅膛一吹,或小心翼翼地拉动风箱,轰的一声草又燃了,烧软草要耐着性子。烧树枝或棉花秸就可以稳坐烧火凳,双手握住树枝或棉花秸两端,往膝盖上用力一磕,叭的一声,折成两段,塞进锅膛。硬柴耐燃,添足了柴,拉起风箱,火势熊熊,有"炉火动天地"的意象。这时一篮刚出水的净菜,搁在水缸盖板和缸口上,水珠滴在缸里滴答滴答,在明矾淀清的水里滴出一个接一个的梦幻般的水圈,缸底茸茸的下脚也激动得轻摇慢晃。油锅里刺啦一声爆响,空篮挂在门外檐下的木钩上随风摇荡。好闻的菜香四处飘散,香透了整个中午。

烧火要是费柴草,多半是锅底积满了炭黑的锅屑,该刮一刮了。用铲刀角在锅边与锅圈间一撬,撬开手指宽的缝,把锅拎到门外,扣在空地上。锅底乌黑,积了一层灰屑。用铲刀反过来推刮,吱嘎吱嘎,一块块锅屑打着卷儿住下滚。东边响,西边回音,似乎全村子都在刮锅。声音有些躁人,可男女老少谁也不厌烦它。村子躁动了片刻,又恢复了宁静。地上留下一个滚圆的黑圈,要等下一场雨,才能冲刷掉。

咸 小 菜

甜 面 酱

甜面酱是我们这辈人童年生活清苦而甜美的回忆。书法家舒同有一幅漫画,曾深深打动过我,而且经久不忘。画里一个瓜子脸的小女孩,一路小跑,一对羊角辫可爱地晃动。她右手小心地端着一个粗瓷碗,左手食指尖塞在嘴里,尽情吮吸。画的一角题有很温馨的三个字"甜面酱"。这平凡而本真的生活写照有着童话般的美丽。

甜面酱与其他风味吃物一样,蕴含着一方水土里人们的饮食方式和生活风情。梅雨一过,不久就进入了三伏天,正是做酱的好时节。乡间又叫抄酱,用第一道工序来代称全过程,既形象又显得首道工序的重要。铁锅里水烧开了,把干面慢慢扬进汤水里,像抄籼子饭一样,用铲刀不停抄动,让面结成大大小小的疙瘩。水量很关键,全凭经验,水量大了,面疙瘩会上黑霉,做出来的酱口味就差远了。也不能性急,要用小火慢慢把面疙瘩烤熟。起锅后还得把大块子的面疙瘩撕小,撕成拇指大小的块,平铺在春台或门板上,闷在不透风的地方，摘几片肥大的葵花叶盖上，顶好再盖上一层麦秆草。在面香与麦秆草香里稍稍等待面疙瘩上霉。大人会隔三差五去掀开一角看看，孩子们也喜欢跟前跟后，像等待家养的母猪母羊下崽一样好奇兴奋。不几天面疙瘩上长出绒绒的白毛，不久又变成橘黄色的斑点，乡里俗称"上黄子"。把面疙瘩翻过身，等另一面也上足了"黄子"，发酵了的面疙瘩就成了酱坯子，把它晾到太阳下晒晒干，就可以破酱了。

破酱就是把酱坯子下到盐卤里。趁一个大晴天，树梢的太阳还没发威，刚把豇豆棚和黄瓜棚塔状的阴影投在下场边。搬来砖块，在场边上搭个六角形的砖台儿，蹚上缸，把水倒进缸里，洒进盐，用棒一顺搅动，催盐溶解，水中形成一个旋涡。用一只生鸡蛋放进水里测试盐度，这个土法子很管用。鸡蛋悬浮在盐水里，随水流转，露出铜钱大一块，盐度正适中。把酱坯子投进盐水里，讲究一点最好在缸口蒙层纱布，然后就定神让太阳来显神威吧。晒上一段时日，酱就熟了。一缸黏稠的绛紫，用筷子头沾点尝一尝，咸、鲜、甜。

甜面酱，套用汪曾祺先生的话，可以用来待老姑奶奶。挖点酱盛进小瓷酒盅里，滴上几滴麻油，是牙口不好的老年人早夜饭桌上上好的佐餐品，也是清贫生活里，孩子们眼里稀罕的食物。记忆中，曾祖母喜爱把好吃的食物放在好看的容器中，她常把熟透的甜面酱存放在一只翠绿色的盒钵里，那是我家中唯一好看的钵子，钵盖面上有一对椭圆的孔，掀开盖子很方便。贮着甜面酱的盒钵，发亮的绿釉面很诱人。

甜面酱是上好的调料。饭锅快收汤水了，把刨了皮的茄儿破开，背面打上棱形的花刀，放在饭上焐熟。捣点蒜泥调在甜面酱里作调料,咸里夹甜的酱味掺和着冲人的胡辣气。本色本味的炘茄儿蘸着酱食用,别具风味,真会激起打嘴不放的食欲。炒酱也是一碟下饭的小菜。甜面酱里和上少量面粉,把熟肉丁、花生仁或豆子儿、辣椒或榨菜等和着炒,深紫的酱黏合着青豆、绿椒、红仁、赭色肉丁,色香味形俱全。清水煮熟螺儿,挑出来,蘸甜面酱吃,味道也好极了。

冷 水 茄 儿

传统的一日三餐,以午餐为主。中午可烹荤煮蔬,有菜有汤。早晚餐就很节俭了,熬点粥或开水泡饭,光粥光饭毕竟太寡味,就着点咸小菜,嘿,还真下粥送饭。南通人把腌制的瓜菜叫着咸小菜。咸小菜是什锦菜,有春末夏初腌的莴笋,盛夏腌的黄瓜和菜瓜,深秋腌的茄儿和生姜芋等等。

腌茄儿最好是冷水茄儿。入秋后,茄儿的长势不再旺盛,但还在悄悄开花打纽。秋风一阵阵紧了,露水一天天冷了,茄儿叶子也日渐稀了。茄儿纽挂在秸子上还是小溜溜的,不会再长了。这冷水茄儿当菜吃不行,扯下来腌腌正好,嫩,籽也不多。腌茄儿是早晚饭桌上一碟再家常不过的咸小菜,不像米、面、油,过日子不能或缺,但是有了它,世俗生活就会多一分风味。谁不向往生活呢?用心把它腌制好,就是厚对生活,善待自己。用织毛衣用的篾子针,在茄儿上戳出麻点,放在木桶里用盐"跌"。"跌"是个很形象生动的词儿,在茄儿上洒上适量的盐,抓住桶把子上下颠动,茄儿们在桶里跳起来,又跌下去。盐分渗进去,卤汁就吐出来,让它再伏伏性,茄儿就开始瘪了。把茄儿挨个从卤里捞起,攥着用力挤出卤汁,再晾到室外吹吹干,就可以下酱了。把茄儿投进一缸元面酱

（用磨粞子筛下来的元麦粉做成）里腌制十来天，茄儿就腌熟了。表皮呈深赭色，撕开来，瓤肉金黄。咸鲜里透出酸甜，还含着几分酱气，连茄儿蒂把都好吃。家常的早晚饭桌上，因有这样一碟可口的咸小菜，叫人多了几分向往生活和日子的情感。

把腌茄儿切成丁，滴上麻油拌一拌，或者炒一炒食用，这是细作的吃法。孩子们似乎更喜欢带几分俗趣的粗陋吃法。把粥碗放在蹾酱缸的砖台边或窗台上，用筷子从黏稠的酱中剖出茄儿，捏着蒂把提起来，用筷子把酱捋净，撕成一瓣瓣，放在粥碗边。吸溜吸溜，猛喝几口粥，呱唧呱唧，大嚼一口茄儿，眨眼间，一碗粥就喝空了。

酱要常晒，才不会变质。腌着咸小菜的酱缸，习惯摆在下场边，与它相伴的有搁楞用的"马儿凳"，还有晒毛巾、袜子的"夜不收"（一段带着枝的竹），构成农家独有的一道场景，裸露着平和、安实和友善的心境。下雨了，拿起一张破旧的铁锅罩住酱缸，一任雨点砸在锅底上，叮当作响，水花四溅。

咸　　菜

"吃大菜，吃小菜，萝卜干儿炒咸菜。"这家乡童谣里所唱的大菜，是鱼翅海参之类的高档菜肴；咸菜只属于小菜系列，是随手就可以从家中坛坛罐罐里抓出来的小菜。在寻求温饱的日子里，它与生活最贴心，一年四季的炊烟里似乎都带着它的咸腥气。咸菜不仅耐贮藏，而且多品种，能满足人们不同的口味和饮食习惯。四时蔬菜可腌成咸菜的，扳着手指能报出一连串：白菜、黑菜（又称寒菜）、雪里蕻、大头菜、瘤儿菜、黄花菜等等。把菜切细了腌碎咸菜，也可以腌整棵子咸菜，白菜还可以搯成青咸菜，因需而异，因菜而异。咸菜和萝卜干、腌茄儿、腌莴笋一样可作早晚饭的佐餐菜，又可作小炒的辅菜和汤菜的原料，正儿八经走上饭桌，登上宴席。

秋风落叶里腌咸菜，是继稻子上场后又一旺秋景象。田间翠嫩的麦苗刚钻出土缝，蚕豆才挑着两三片墨绿的叶，显得萧疏，而一畦畦旺相的青菜又渲染出秋的繁庶。栽菜是育出菜秧移栽的，一行行像队列；懒菜是把菜秧间疏，让留下的菜苗自由长成，一田菜像满天星。用刀边挑菜边顺手削去黄披叶，然后随手把菜扔到田墒沟里。挑完，用畚箕畚，用下河篮子拎，畚到拎到下场上，拿来澡盆，剥开一片片菜叶子，刷拉刷拉洗净，晾到毛竹篙子搁起的苇帘上沥水吹干。切菜手要巧，菜刀口已磨得锃亮，菜多，在桌面上切，是堆不了的。拿出大筐篮，里面放块砧板，抓起一把菜，用刀侧面把菜梗子拍拍齐，嘁嚓嘁嚓，边切边按住菜不时的滚动，菜刀口只抬到切面的中间就下刀，未切的上半面凸出了，再滚到刀口下切。这样不会意外伤手，切出的菜又细又匀。腌整棵子菜就省事了，把菜挑了，晾在田头，或晾到场心的苇帘上，傍晚菜叶已晾得蔫蔫的，就可以踏咸菜了。

高筒子缸已用抹布揩干净了，安放在倚墙靠壁的地方（踏满咸菜就移不动了），放进一批菜，撒上盐，赤脚不停的踩踏，等菜踏出了卤，再放下一批，周而复始，一层层把踏菜人步步垫高，缸快要踏满时，头几乎要触到顶上的望砖望杖了，手可抓着椽子着劲。踏好后，用树枝或木条翘花放在菜上，压上砖或石块，让菜淹在卤里。腌制了几天就能复缸了，把腌菜翻个身，然后依旧压在卤里。碎咸菜腌好后要上坛，把咸菜装入蒲包，榨干，像踏咸菜一样，一批批用擀面杖捣实，封好坛口贮藏。青黄不接时，多一坛子咸菜，家庭主妇们就会少一份心思。

家乡有句顺口溜:"一二三四五,咸菜烧豆腐"。白菜咸菜豆腐汤、雪菜肉丝汤、大头菜咸菜豆瓣汤,都是可口的汤菜。启海人说,三天不喝腌鸡(咸菜)汤,脚股啷(腿)里酥汪汪。这是生活的幽默,也是过去日子的写实。回乡种田时,邻里有位年过六旬的长者,挑百十来斤的担子不亚于年轻人。炎夏里歇乏,他爱拈撮咸菜嚼嚼。他说,热天里吃点咸菜,人就有精神。每年他家咸菜腌得最多。咸菜厚待人们,人们也就青睐它。咸菜馒头,是大众情人式的食品。北濠桥南头,有家包儿店,用雪里蕻咸菜作馅儿(全用菜梗子)做出的包儿,很有卖点。过年了,过去家家户户要蒸糕蒸馒头,咸菜馒头上点一个吉庆的红点,一直要吃到正月半过后。

后　记

　　对语言文字有几分敏感，对脚下的土地有一片情怀，因此，有了些生活的感觉，就想把它形成文字，于是有了一篇篇小文。别无他念，想记录下我走过岁月的一些响动、一丝印迹、一点心情，以及我和我的阳光、月华、雨水、四季的风同在的过程。当然，更为自己创设一个幽篁之境，让人在浮世有一块幽僻的心地，我可以时常回归到空寂和宁静，同自己的心灵窃窃小语，让我的每根神经和每个细胞都能听见。

　　现在，把其中的 65 篇结集，算是对自己这些年的日子有个交代。在此，我要由衷地感激我们学校，是校园文化建设为我们开辟了园地，让我能够把兴趣和责任结合，化为书写的热情。我要感谢同事和亲朋好友们，他们每每读到我的一点文字，从不吝啬给我鼓励。以前，我从没有想过要出本文集，正是在大家的鼓励下，才有了今天的结果。我还要感谢我的学生孙桂萍和方锦华替我校稿，并提出不少中肯的修改建议。感谢我的学生方乙伍为本书插图。

2012 年初冬